Tiara Label
ティアラ文庫

新婚内ストーカー
旦那様の溺愛宣言

桜舘ゆう

presented by Yuu Sakuradate

プランタン出版

目次

※本作品の内容はすべてフィクションです。

プロローグ

アーリアは、自室にある天蓋付きのベッドの中で目を覚ました。

自分の額にそっと手を当て、熱が下がっていることに安堵の溜息を漏らす。

彼女は、一昨日の晩より熱が出て寝込んでいた。けれど、それはけして珍しいことではなく、彼女は生まれつきやや病弱で、熱を出すことはしばしばだった。

そのせいで、十六歳を過ぎたら社交界デビューするのがブルージュ王国の常識であるのに、アーリアのデビューは十八歳目前と、大きく遅れることになってしまった。十七歳の終わりに王宮内のロワール宮殿で催された舞踏会で、アーリアは社交界デビューを果たしたものの、その後もあまり舞踏会に行くことが出来ずにいた。

アーリアは身体を起こし、ベッドからおりる。

緩やかにウエーブがかかった亜麻色の長い髪を指先で少し整えてから、薄手の寝間着の上にガウンを羽織った。

ふと、エメラルドグリーンの瞳を窓に向けると、木の枝に小鳥が羽を休めている様子が目に入る。

（可愛い）

鳥が好きな彼女は、思わず口許を綻ばせた。

そして、あることを思い出す――。


絢爛豪華なロワール宮殿での舞踏会。二曲ほどワルツを踊って疲れてしまったアーリアは、大広間に隣接する応接間で休ませて貰ったのだが、その応接間には鳥籠の時計が置いてあった。

鳥籠の中には小さな時計はあるものの、そこに住まう鳥の姿がない。鳥籠をモチーフにしているのに鳥がいないのは不自然に感じたが興味深く思えて、この黄金の鳥籠には、どんな鳥が相応しいだろうかと想像する。

黄色い姿のカナリアか、美しい声で鳴く、赤い顔のゴシキヒワか。

その日の本来の目的を忘れて、鳥に思いを馳せていると男性に話しかけられた。ほんの少しだけ鳥籠の時計の話を彼としたが、緊張のあまり顔をあげられず、その男性がどんな髪の色をしていて、どんな目の色だったかも見ていない。けれども、それまでワルツを踊った男性とは違い、優しくて柔らかな彼の声色は印象的であり、魅力的にも感じられた。

『アーリアは、その時計が気に入ったようだね』

『……はい、この鳥籠には、いったいどんな鳥がいたのかと……想像していました』

『想像?』

『私は、鳥が好きなので』

『あぁ、そうなんだね……君は、どんな鳥がいたと考えた?』

『そうですね、鳴き声の美しいカナリアか、ゴシキヒワでしょうか』

『ゴシキヒワ?』

『お顔が赤くて、とても可愛らしい鳥なんですよ』

もっとたくさん話をしたくなるような空気を持つ彼ではあったが、彼女が咳をしてしまったことで、柔らかな時間が終わってしまった。

『大丈夫か?』

『ごめんなさい……大丈夫、です』

『辛いのなら、今日はもうお帰りになってはどうだろう』

『……でも』

『ロワール宮殿での舞踏会は今日だけではない、無理をしては身体に良くないだろう』

そこまで言われてしまっては、それでもこの場に居続けたいとは願えず、アーリアは同意するしかなかった。

あの日以降、アーリアは舞踏会に出席するときは必ず、ドレスのポケットにリモージュボックスを入れ、持ち歩くようにしていた。

リモージュボックスとは、貴族の間で流行している陶磁器の小物入れのことで、小さな砂糖菓子を入れたり、嗅ぎ煙草を入れたりと用途は人によって様々だった。そんなリモージュボックスの蓋に描かれている絵の見事さを、上流階級の貴族同士が競い合う一面も持っていたが、アーリアは自分の目を愉しませるため、コレクションにしていた。

彼女がたくさん持っているリモージュボックスの中には、ゴシキヒワの絵が描かれているものもあり、それを見せてゴシキヒワがどんな鳥なのかの話をしようと考えていたのだが、彼が話しかけてくれることはもうなかった。

あの優しい声の男性と、もう少し鳥の話が出来たなら、というアーリアの願いは虚しく、今日に至っている。そして、ロワール宮殿の応接間からは鳥籠の時計は消えて、雄々しい馬の時計と入れ替わってしまっていたから、アーリアは寂しかった。あの時計とも、男性とも、再び出会うことはないのだろうと思えて――。

第一章　思いがけない結婚

その日も、アーリアは体調が思わしくなく、自室のベッドで休んでいた。すると、黒髪をきっちりと結い上げたメイドのシャルロットが、彼女のもとへ慌ただしくやってきた。

「お嬢様、ライアー公が、お見舞いにいらっしゃるそうです」

ライアー公というのは、ルウェーズ公爵の子息でライアー公爵位を持つソリュード・ヴァムドールのことだ。

アーリアよりも五歳年上の彼は、ブルージュ王国の王子、リシャール・ド・ブルージュの従兄弟でもあり、彼女の姉であるカトリーヌの婚約者だった。

カトリーヌに会うためにモンティエル家の屋敷を訪れ、その度、体調を悪くしているアーリアのことも見舞ってくれる心優しい青年だ。

寝間着姿で彼を迎え入れるわけにもいかなかったから、取り急ぎアーリアは、コルセットやパニエなどの仰々しい下着がいらない、ゆったりと着ることが出来るシュミーズドレスに着替えさせられる。用意された真っ白いモスリンのドレスに着替えるのを、小柄なシャルロットが手伝ってくれる。そして、ウエストの高い位置でエメラルドグリーンの紗の帯を結び終えると、別のメイドがソリュードを迎えに行った。

「すまないね、アーリア。体調が優れていないところに来てしまって」

彼女の部屋に姿を現したソリュードが、開口一番そう告げる。艶やかで柔らかそうな彼の黒髪がさらりと揺れた。

ソリュードの美貌を際立たせるロイヤルブルーの瞳がアーリアを見つめてきていて、魅力的な瞳で見つめられると、ソリュードが二歳年上の姉の婚約者だと判っていても、鼓動が速くなってしまう。

濃紺のフロックコートに身を包んだソリュードは、彼女の手を取り、恭《うやうや》しく挨拶のキスをした。

「私の方こそ……せっかく来てくださっているのにちゃんとしたお迎えが出来ずに、すみません」

そういえば、きちんとしたドレスを着て彼に挨拶をしたことがない、とアーリアは思っていた。彼女も身体が弱いとはいえ、そうそういつも寝込んでいるわけでもなかったが、ソリュードが屋敷にやってくるときは、何故か決まってアーリアの体調が優れない日だったりする。

「今日も、リシャール殿下がご一緒なのですか？」

「ああ。彼は私と行動を共にしたがるからね」

リシャールは、ソリュードが婚約者に会いに来るときでさえ、彼に同行するのだ。

「……そうですか。ソリュードとリシャール殿下は本当に仲がいいんですね」

「歳も近いからね」

リシャールは、ソリュードの一つ下で二十二歳。彼には姉や妹はいるが男の兄弟がいないから、余計に従兄弟のソリュードを大事にしているのだろうか。と、アーリアは思っていた。何処へ行くにも同行したがることを、大事にしているという類のものだと理解していいのかは判らないけれども。

「それに、ソリュードはとても優しいですから……」

「優しい？　そうかな」

魅惑的なロイヤルブルーの瞳が細められ、彼は微笑む。漆黒の長い睫毛に縁取られた瞳が、美しく輝いていた。

「リシャール殿下は、今はどうなさっているのですか」

「カトリーヌとカードを楽しんでいるよ」

「お姉様と？　まぁ、そうなんですね」

アーリアにとって自慢の姉であるカトリーヌであれば、その相手がたとえ王太子であっても何の心配もいらないだろう。

美しいプラチナブロンドと宝石のようにきらきらと輝く青い瞳を持つカトリーヌは、彼女が十六歳で社交界デビューしたときより、その美貌と聡明さで多くの男性を魅了している。

実際に、結婚の申し込みが絶えずあるような状況の中で、カトリーヌが二十歳になるまで相手を決めなかったのが不思議なくらい、妹のアーリアから見ても魅力のある女性だった。

アーリアとソリュードは、真っ白いテーブルを挟んで向かい合わせになる格好で椅子に腰掛け、他愛もない会話を続ける。

「ああ、そうだ。君にプレゼントを持ってきたんだった……忘れないうちに渡しておくよ」

ソリュードはそう言うと、傍に控えていた従者から小箱を受け取る。

「プレゼントですか？」

彼の手から小箱を受け取り、そっと蓋を開けると、中には小さなブローチが入っていた。小鳥をモチーフにしたカメオのブローチの台座は金で、その縁はエメラルドで埋め尽くされている豪奢な代物だった。

「なんて可愛らしい……でも」

単に贈られるにはあまりにも高価なものに思えて、アーリアが困惑していると、ソリュードが微笑む。

「君の瞳と同じ色の宝石がいいかと考えたのだが、ダイヤモンドのほうがお好みだったかな？」

「い、いいえ、そういうことではないです。このような高価なものを私が頂いていいのかと思っただけです」

「君にプレゼントしたくて持ってきたのだから、にっこり微笑んで受け取って貰いたいな」

「……ありがとうございます。じゃあ、あの……とても嬉しいです」

彼女の言葉を聞いたソリュードは、満足げに笑っていた。

乳白色の優しい色をしたアゲートで作られたカメオ。その美しさに、アーリアは思わず息を漏らす。彫られた小鳥は活き活きとしていて、今にも羽ばたきそうなくらいだ。

「いつもありがとうございます。このまえ頂いた焼き菓子も、とても美味しかったです」

「喜んで貰えて嬉しいよ」

ソリュードは長い睫毛の先を彼女に向けると、再び微笑んだ。

扉がノックされ、彼を迎えに従者が姿を見せる。

「どうやら、カードの勝負がついたようだな。おおかたカトリーヌがわざと負けたのだろう。そうでなければ、いつまでも付き合わされてしまうからな」

ソリュードは愉快そうに笑い、立ち上がった。

「あ、あの……ソリュード、お待ちになってください。私からもプレゼントがあります」

立ち去ろうとする彼に、アーリアは慌てて告げた。

「私にか？」

メイドのシャルロットがスエード調のトレイに乗せ、恭しく持ってきたものは、アーリアがソリュードに渡すために工房で作らせたリモージュボックスだった。

彼がどんなものを好むのか判らず、結局は自分の好みの柄にしてしまったが、長方形の小さな箱の蓋に描かれているのは、青い鳥だった。

「ありがとう。素敵なリモージュボックスだね、大切に使わせて貰うよ」

ソリュードがにこりと微笑むのを見て、アーリアも微笑んだ。

少しは気に入って貰えただろうか。

「では、邪魔をしたね。ゆっくり休みなさい」

「今日は私のところにまで足を運んでくださいまして、ありがとうございました」

彼女が礼を言うと、ソリュードはロイヤルブルーの瞳を細めて魅惑的な笑みを浮かべ、アーリアの部屋を出ていった。

さっそうと立ち去っていった彼を見て、シャルロットが溜息混じりに呟く。

「とても素敵な方ですね、ライアー公は」

彼女の言葉に、アーリアは頷いた。

「お姉様の夫になる方ですもの」

何もかもが完璧で、ブルージュ王国一の美女と呼ばれるカトリーヌ。そんな彼女の夫に相応しい人物だと思えていた。また、ソリュードも完璧なまでの美貌や聡明さを兼ね備えていて、彼の妻に相応しいのもカトリーヌだけだと思えていた。

「お嬢様も早く素敵な方を見つけないと。そのためにも、もう少しお元気になって頂かないといけませんよ」

「……そうね……でも、自信がないわ」

「何を仰っているんですか！　お嬢様もとてもお美しいですし、刺繍の技術だって大変素晴らしいものだと、いつも評判になるくらいじゃないですか。もっと自信を持ってください」

「ありがとう、シャルロット」

シャルロットの手伝いで寝間着に着替えさせられると、アーリアは再び天蓋付きのベッドに戻る。

——とはいえ。正直なところ、アーリアは男性が少しだけ苦手だった。

免疫がないというのも大きな理由ではあるが、社交界デビューの日に、最初にダンスを申し込まれて踊ったミル伯爵の遠慮がない視線に怯えさせられ、それ以降、苦手意識が強くなってしまったのだ。

蠱惑的で野性味に溢れる彼は、女性に人気があるらしいが、怖いと思わされる。その後に踊った男性も、無遠慮にじろじろと自分を見てきて、品定めをされているように感じて恐ろしかった。勿論、そういったことも結婚相手を見つける場であると思えば、仕方がないのだろうけれど、アーリアはあれ以降、男性に触れられると身体がこわばり、具合が悪くなってしまう。

そんな状態であったから、せっかくロワール宮殿の舞踏会に出席しても早々に退出するのが常になってしまった。

（会いたい方にはお会い出来ないのに……）

アーリアは、枕元にあるリモージュボックスを手に取り眺めた。白い陶磁器の小箱には愛らしいゴシキヒワの絵が描かれている。

ロワール宮殿の応接間で出会った男性。顔を見ることはなかったが、優しい口調の彼に、緊張状態でいたアーリアは心が安らいだ。

――そういえば。

アーリアはふと思い出す。あのときの彼は、カトリーヌとは知り合いのような口ぶりだった。そして、自分の名前も知っていた……もしかしたら姉に聞けば、彼が誰なのかが判るかもしれない。

「お嬢様、カトリーヌ様がお見えです」

シャルロットが寝室に入ってきて告げる。なんていいタイミングだろう。アーリアが身体を起こすと、鮮やかな赤いドレスに身を包んだカトリーヌが入ってくる。

「具合はどう？　アーリア」

「今は調子がいい感じです、お姉様。ソリュードとリシャール殿下はお帰りになられたのですか？」

カトリーヌがこちらに来るということはそうなのだろう。判ってはいたが聞いてみると、カトリーヌは頷いた。

目映いばかりの彼女のプラチナブロンドは、高く結い上げられていて、露出しているうなじは白磁のように艶めかしい。聡明そうな青い瞳は、いつだってきらきらと輝いている。妹のアーリアから見ても、カトリーヌは心が奪われそうになるほど美しかった。

「私、お姉様にお聞きしたいことがあるんです」

「まあ、何かしら？」

「私が社交界デビューの日に、応接間で休ませて頂いたことは覚えていらっしゃいますか」

「ええ、覚えているわ。それがどうかしたの？」

「そのときに、男性が私の様子を見に来てくださったのですが……お姉様のお知り合いですよね？」

アーリアの言葉を聞いたカトリーヌは、何故か驚いたような表情を浮かべる。

「あのときの男性？」

「はい」

カトリーヌが首を傾げると、彼女の耳元でゆらゆらとルビーのイヤリングが揺れた。

「その方がどなたなのか、教えて頂きたいんです」

「……アーリアは、その方の顔を見なかったの？」

何故、顔を見ていないことがカトリーヌに判るのだろうか？　不思議に思えたが、アーリアはこくりと頷いた。

「直前にミル伯爵とダンスを踊ったことで、少し男性に対して苦手意識が芽生えてしまい、顔をあげられなかったのです」

「そう……」

カトリーヌは、一度は開きかけた唇を結んだ。そして何かを考えるような表情をしてから、再び唇を開く。

「……その方がどなたかを聞いて、どうするつもりなの？」

「はい。あのとき少しだけお話をさせて頂いたのですが、出来ればもう一度お話がしたいと思ったんです。彼と鳥のお話をしていて、ゴシキヒワが判らないご様子だったので、どういった鳥なのかをお話したいのです」

「まあ……そうだったのね。アーリアはその方が気に入ったの？」

唐突にそんなことを聞かれて、アーリアは思わず顔を赤らめた。

「き、気に入ったという、お話ではないです」

恥ずかしそうに頬を染める妹の様子を眺めながら、カトリーヌは苦笑いをする。

「ごめんなさい、わたくしの……知り合いというほどのものではなくて、あの日たまたまお会いしただけの方なの。だから、お名前だとかは知らないのよ」

「え？　あ……そうだったんですね」

なんとなくカトリーヌの返事が不自然に感じられたが、姉が知らないと言う以上、聞いても仕方がないとアーリアは思った。

「ところで……今日は、ソリュードとはどんな話をしたのかしら？」

改まった様子で聞かれて、アーリアは思わず身構えてしまう。

「これといったお話は、していないのですが……。あ、そうだわ、お姉様。私、ソリュードにプレゼントを貰いました」

アーリアはシャルロットに小箱を持ってこさせて、それをカトリーヌに見せる。

「素敵なカメオね」

「立派な品なので、お断りをしようかと思ったのですが」

「遠慮はしないほうがいいわ。あなたのために作られたものなのでしょうから」

ふぅっとカトリーヌは何か思うところがありげに、短く溜息をついた。

「お姉様？」

「ごめんなさい、なんでもないわ。あまり長居をしてはあなたの身体に障《さわ》るわね。早く良くなってね、愛しいアーリア」

そう言ってカトリーヌはアーリアの白い頬に短く口付けると、寝室から出ていった。

(どうしたのかしら、お姉様……いらしたばかりなのに)

いつもであれば、メイドが迎えに来るまで延々と話に花を咲かせるのに、今日の彼女は少し様子がおかしいように感じられた。

「ご結婚が近いですから、お疲れなのですよ。カトリーヌ様は」

アーリアの心情を察したシャルロットが慰めの言葉をかけてくるから、彼女は小さく頷く。

「そうね……お忙しい時期ですものね」

ソリュードからカトリーヌへ結婚の申し込みがあってから早三ヶ月。

数週間後には、結婚式が行われようかという時期だ。そうそうアーリアにも構っていられないだろう。

「お姉様がいなくなったら、寂しくなるわね」

ぽつりと呟いてから、アーリアは手の中にあるリモージュボックスに視線を落とした。

「そんなことを言っていないで、お嬢様も熱烈な結婚の申し込みをして貰えるように、しっかりと磨きをかけなければいけませんよ」

励ましてくれるシャルロットに、アーリアは微笑んだ。

「ありがとう、シャルロット。そうね……頑張らないと駄目よね。どうせなら、望まれて結婚をしたいもの」

思い描くのは、幸せな結婚。

真っ白いウエディングドレスに身を包み、最愛の男性と結ばれる。そしてお互いを慈しみ合うような結婚をしたいと、このときのアーリアは考えていた。

☆☆☆

数日後――。

思いがけない知らせに、モンティエル家は揺れた。

ソリュードの婚約者であるカトリーヌに対し、ブルージュ王国の王子、リシャールとの結婚話が急遽持ち上がったのだ。

食卓の間で夕食を食べた後、父であるバレーヌ伯爵からそんな話を聞かされて、アーリアは驚かされる。

「どうして……だって、お姉様は、ソリュードとの結婚が決まっているのに」

そんなことは、リシャールだって重々承知しているだろう。それなのに、どうして？ という気持ちが強く沸き上がる。

「とはいえ、殿下に望まれてしまっては、断ることは出来ない」

厳格な父は、それはもう決定事項であると淡々と語る。カトリーヌもそれを静かに聞いていた。

「ライアー公と共に、この屋敷でカトリーヌに会うにつれ、そういった気持ちが強くなられたそうだ」

「……そんなの、横暴です」

思わず漏れたアーリアの本音に、バレーヌ伯爵が厳しい視線を送る。

「慎みなさい。アーリア」

「ごめんなさい……お父様」

「この話は、ヴァムドール家も了承している」

了承というよりは、立場上、そうせざるを得ないだけの話だろう。親戚とはいえ、相手は王家。リシャールに至っては次代の国王だ。

何故、わざわざ仲がいいソリュードの花嫁を奪うような真似をするのか、アーリアには理解出来なかった。

俯いてしまったアーリアを見つめ、バレーヌ伯爵は小さく息を吐き、話を続ける。

「ただ、もう結婚式の手はずは整っており、当家もそうだが、ヴァムドール家も、今更結婚はなし……で、終われる簡単な話ではない。そこで、アーリア、おまえがライアー公に嫁ぐことが決まった」

「え？」

アーリアは驚いて顔をあげる。

今、父はなんと言っただろうか？　思わず自分の耳を疑った。

「突然のことで、おまえになんの教育も出来ていない。身体もあまり丈夫ではないという話も、ライアー公にも父君であるルウェーズ公にもお伝えしたが、それでも構わないと言ってくださっている。ありがたいことだ」

「お、お父様……何を仰って……」

本当に突然の話で、アーリアは動揺のあまり身体を震わせる。

自分が、姉の婚約者であるソリュードと結婚？　そしてそれを彼が了承しているということが、アーリアには信じられなかった。

ソリュードとカトリーヌの仲睦まじい様子は、彼がモンティエル家を訪れるのはアーリアが寝込んでいるときばかりだったため、実際に目にすることはなかったけれど、結婚を申し込むくらいソリュードはカトリーヌを愛していた筈だ。

——それなのに。

「この三ヶ月間で、ライアー公の人柄の良さは判っている。おまえには勿体ないくらいの方だ。判っているだろうね？　アーリア」

勿体ないくらいの方、と一言で済まされるような相手ではないことは、彼女も重々承知している。ソリュードの父は現国王の弟であり、彼の王位継承権は直系子孫の男子ということで、玉座につく可能性が十分に考えられる順位であった。ソリュードがそういう立場の人物だからこそ、姉のカトリーヌを妻に望んだのだ。それがどうして、結婚式までの期間が短いからという理由だけで、自分が彼の妻になれるのか？　また、それをヴァムドール家までもが了承した事実が信じられなかった。カトリーヌが優れている人物であるから、その妹も同様だと思われているのなら、とんでもない間違いだ。

「でも、お父様……」

「ライアー公との結婚を断るのなら、私は、おまえをミル伯に嫁がせなければならなくなる」

突然の言葉に、アーリアは再び驚かされた。

「――ミル伯爵？　どうしてあの方の名前が出てくるのですか」

アーリアの疑問に対して、父は溜息を漏らす。

「実は、前々からミル伯からおまえとの結婚の申し出があったのを、保留させて頂いていた。おまえには難しい方だと私には思えていたからだ。けれど、そんな父の気持ちを無下にし、ライアー公との結婚を断るというのであれば、私はおまえを守ることは出来ない」

アーリアは、急激に胃のあたりの気持ち悪さを覚える。ミル伯爵のように、なんだか得体の知れない恐ろしさを抱く相手に嫁ぎたくはない。

そんな彼女の様子を見ていたカトリーヌが、口を開く。

「アーリア、ヴァムドール家がどういうお家柄かは、あなたも知っているでしょう？　あなたが今ここで言えることは〝判りました〟という言葉だけなのよ」

カトリーヌが淡々とそう言った。それは彼女もまた王家からの申し出をやむなく受けたということなのだろう。そして、ソリュードも……。

アーリアのエメラルドグリーンの瞳に、じわりと涙が滲んだ。

どうしてこんなことになってしまったのだろうか。

「わ、判りました……お父様」

アーリアの涙に気が付いたカトリーヌと母は、複雑そうな表情をしている。厳しい言葉を投げかけてきたバレーヌ伯爵も同様だった。

「どちらもこれ以上ないというほどの良縁だというのに、どうしてこうもなんとも言えない気持ちにさせられるのだろうね」

　ぽつり、と独り言のように告げたバレーヌ伯爵に対し、カトリーヌは涼やかな声で答えた。

「お父様、わたくしはリシャール殿下との結婚をとても喜んでおりますわ。アーリアも今は突然のことで驚いているだけで、いずれは……」

　気丈とも思えるカトリーヌの言葉に、アーリアはいよいよ涙を止められなくなってしまう。

　敬愛する姉は、やはり何もかもが完璧な女性だ。ソリュードもそんな彼女だからこそ、結婚を申し込んだのに、花嫁を仲の良い従兄弟に奪われるだけでは済まず、まさか相手がその妹と入れ替わってしまうことになろうとは、想像もしていなかっただろう。

「カトリーヌは、明日、将来の王妃教育のためロワール宮殿に居住を移すことになる。こうして家族だけで食卓を囲むのも、今夜が最後になるだろう」

　父の言葉にカトリーヌは静かに頷いた。

「モンティエル家の名に恥じないよう、努力しますわ」

　バレーヌ伯爵は、今度はアーリアに視線を向ける。

「アーリアも、明日より結婚式のための準備で忙しくなるだろう。ライアー公においても、急遽決まった二ヶ月後のリシャール殿下のご結婚準備のため、多忙を極める。時間を作ることが難しくなるが、それでもおまえとの結婚式の前までにはどうにか時間を作り、会いに来てくださるそうだ。おまえも……身体をいたわり、寝込まぬようにな」

そんな父の言葉に、アーリアはただ黙って頷くことしか出来なかった。

——夕食後、部屋に戻ったアーリアのもとにカトリーヌがやってきた。

「こんなことになってしまって、ごめんなさいね、アーリア」

何故か謝罪をしてくる姉に、アーリアは首を左右に振る。

「でも、ミル伯爵のもとに嫁ぐより、あなたはきっと幸せになれると思うの」

カトリーヌが言うことはもっともだと思う。ミル伯爵がどういった人物なのかはあまりよく知らなかったが、アーリアは彼のことが恐ろしくて仕方がなかった。

カトリーヌは、ソファに腰掛けている彼女の隣に座る。

ソファのすぐ傍にあるサイドテーブルには、木製の丸い刺繍枠にはめ込まれた白い布が置かれていたが、白いキャンパスにはまだ何も描かれていない状態だった。気持ちを落ち着かせようと、無心になれる刺繍を刺そうと準備をしたものの、どうにもならず、そのまま無造作に置かれていた。

「……ソリュードは誠実な方よ。アーリアのことだって、少なからず可愛いと思ってくださっている筈。そうでもなければ、わざわざあなたの部屋に足を運んだりはしないわ」

「でも……それは、お姉様の妹だからで……」

「……たとえそうであったとしても、彼があなたを受け入れると仰っているのだから、ソリュードの誠実さと優しさにつけ込むくらいでいなさい」

つけ込む、などというあまり穏やかではない言葉が出てきて、アーリアは不安を覚えた。そんな彼女に気が付いたのか、アーリアの隣に腰掛けていたカトリーヌがそっと手を取り、握りしめる。

「こう言っては、またあなたを不安にさせてしまうかもしれないけれど、ソリュードは社交界でとても評判の高い男性なの。彼を狙っていた女性も多かったし、一夜限りの関係でも構わないと思う女性もいたくらいよ。そんな中でも、彼は戯れに女性に手を出すこともなかった……だから、わたくしは、彼をとても信頼しているの」

カトリーヌが言わんとするところが判らなくて、アーリアは俯いていた顔をあげて彼女を見る。

「ミル伯爵と結婚するより、あなたは幸せになれる……断言出来るわ」

確かに、アーリア自身は幸せになれるかもしれない。けれど、ソリュードはどうだろうか。そして、そこまで彼に対して全幅の信頼を寄せているカトリーヌは？　姉の意見に同意は出来るが、アーリアは頷くことが出来なかった。

「ソリュードがどういうおつもりでいたのかは判らないけれど、彼から結婚の申し出があるまで、わたくしに恋愛感情はなかったように思うの。それは今でもきっと同じ。だから、アーリアが彼に尽くしていれば、ソリュードはあなたを裏切らないし、大切にしてくださるわ」

それは花嫁としての心構えを、彼女は自分に伝授してくれているのだろうか。アーリアにはそんなふうに感じられた。

アーリアは不安に苛まれている心を奮い立たせて、微笑んだ。

「……判りました、お姉様。私は……誠心誠意、ソリュードに尽くします」

「アーリア」

カトリーヌは、彼女を抱きしめる。

「愛しているわ。可愛い妹、アーリア……わたくしは何処にいても、あなたの幸せを願うわ」

「お姉様……」

自分も、大切な姉の幸せを願おう。

誰よりも美しく聡明な姉が、幸せになれますように。今の彼女は祈ることでしか、不安を払拭出来そうにもなかった。

☆☆☆

——そして。

時間は慌ただしく過ぎていった。

花嫁教育で目が回るように毎日が忙しく、気が付けば結婚式当日を迎えていた。

あれから結局、一度もソリュードがモンティエル家の屋敷を訪れることはなかったため、彼と話が出来ていなかった。

自分があれだけ忙しかったのだから、彼が来られなかったのも仕方がない。王太子の結婚ともなれば、国をあげての大イベントなのだから……。と、思ってはみても、アーリアの心が不安に揺れていた。

ソリュードがどれほど優しい人物であっても、望まない結婚を強要させられ、そんな相手にまで気を配る必要はないと思っていたら？　カトリーヌが誠実な人だと全幅の信頼をおくような人物が、約束を守らなかったのは……。

控えの間で、真っ白いウエディングドレスに着替えさせられて、アーリアの準備は整っていた。

スツールに腰掛けている自分の姿が、大きな鏡に映し出されている。

彼女が着用している胸元が大きくあいたパフスリーブのウエディングドレスや、胸元を飾るダイヤモンドの首飾り、そして、贅を尽くしたようなティアラは、全てヴァムドール家がこの結婚のために用意したものだった。

アーリアの頭に飾られているティアラは、プラチナの台にたくさんのダイヤモンドが埋め込まれていて、光に反射してキラキラと豪華に輝いていた。

俯くと、レースに縁取られている真っ白いベールが揺れる。

どこからどう見ても花嫁姿である鏡に映った自分の姿が、直視出来なかった。

いつか、誰かと結婚する——ぼんやりと考えていたことが現実になっていたが、一昔前とは違い、恋愛結婚が主流となっている中で、彼女が思い描いていたものと、この結婚とではあまりにも違いすぎていた。

思いが通じ合ったもの同士が迎える華やかな日……今の彼女が置かれている状況とはまるで違っていた。それ故に、頭の上にあるティアラがひどく重く感じられてしまう。

ソリュードが自分を受け入れると聞かされてはいたが、本人からは聞いていないため、真意が判らない。それがまるで好意的な行為のように姉は言うけれど、きっと、しぶしぶ了承したに違いない。そうだと判っていても、アーリアはミル伯爵との結婚は、絶対に嫌だったから、ソリュードとの結婚以外の選択肢はなかったのだ。

ふいに、ソリュードの犠牲を重んじない自分の考えに嫌悪感が湧いた。

自分が、ミル伯爵と結婚するとあのとき言っていれば、ソリュードは結婚話がなくなった事実により、いっときの恥をかくだけで済んだ。

ソリュードがいい人だと判っているだけに尚更思ってしまう。自分のような人間と結婚させていいのだろうか？

(私は、間違っている)

彼のこれからの一生を、自分の打算的な考えに付き合わせてもいいのだろうか。

ミル伯爵との結婚が嫌だからという理由で、ソリュードと結婚してもいいのだろうか。

ソリュードが望んだのは、あくまでもカトリーヌであって自分ではない。それならば、相手がいくら恐ろしいと感じる相手であっても、自分を望んだミル伯爵との結婚を、選択すべきではなかったのか？

アーリアのエメラルドグリーンの瞳から、涙が溢れる。

「……お嬢様」

傍に控えていたシャルロットが、彼女の足元に跪《ひざまず》き、涙を零す主人を落ち着かせるようにして、そっと手を握った。

「私、ソリュードとは結婚出来ない」

こんな自分は、ソリュードの妻に相応しくないと思えたから、思わず口から出てしまった言葉だったのだが——。

「逃がしはしないよ」

凛とした聞き覚えのある声が控えの間に響き、アーリアの身体が硬直した。

おそるおそる声がしたほうへ顔を向けると、ドアの前には真っ白いフロックコートに身を包み、艶やかな黒髪をきっちりと整えたソリュードが立っていた。

「お嬢様はご結婚前で、少し、お気持ちが乱れているだけです。ライアー公」

何も言えなくなっているアーリアに代わり、シャルロットが告げる。

「判っているよ、シャルロット。アーリアとふたりきりで話がしたいから、皆、外してくれないか」

今、彼とふたりきりになりたくない。

アーリアは首を横に振って、シャルロットの手を握りしめる。シャルロットは彼女をなだめるように背中を撫でた。

「お嬢様のお傍にいてはいけませんか」

「彼女に何かしようというわけではない。危害を与えたりはしないから、私を信じて欲しいね」

そう言われてしまっては、ただのメイドという立場であるシャルロットから何か言える筈はなく、彼女は一度、アーリアの手を強く握ってから、他の従者と共に部屋を出ていった。

静まりかえった控えの間には、アーリアのすすり泣く声だけが響いていた。

「……約束を……守れなくて、すまなかったね。アーリア」

スツールに腰掛けているアーリアの前で跪き、ソリュードは彼女の手を取った。

「忙しかったというのが、言い訳にならないのは判っているけれど。許して欲しい」

優しい声で囁かれてしまえば、いっそう自分の罪深さを知ることになる。

アーリアの瞳からは、より多くの涙が零れ落ちた。

「謝らなければいけないのは、私のほうです。私のような人間がお姉様の代わりにあなたの花嫁になるだなんて、申し訳ない気持ちでいっぱいなんです」

「そんなふうに思う必要はないよ」

「でも……ソリュードが結婚したかったのは、お姉様で」

「私は、アーリアを愛しているよ」

彼はそう告げると、誰をも魅了するような微笑みを彼女に向ける。

ソリュードの言うことが、嘘だと気付けないほど自分は幼くはない。優しい嘘で、こちらの気持ちを落ち着かせようとしてくれていた。

『アーリアが彼に尽くしていれば、ソリュードはあなたを裏切らないし、大切にしてくださるわ』

カトリーヌの言葉が脳裏に蘇る。

「ソリュード、私……」

「だから君も、私を愛して欲しい」

彼はやはり、素晴らしい人物だとアーリアは思えた。押しつけられた花嫁を、疎んじることなく受け入れようとしてくれている。

自分を花嫁にするということを、了承している話は嘘ではなかったのだと、このときようやく信じることが出来た。

「でも……それは、許されることなのでしょうか」

「いったい誰が咎めるというのだろう？」

「……神様」

ぽつりと告げた彼女の言葉に、ソリュードは笑った。

「今から私たちは、その神の前で永遠の愛を誓い、夫婦となるのに？」

「でも……」

「……今、このときからで構わない。君は私を愛し、夫として認めて欲しい」

ぐずぐずと我が儘を言いたいわけではない。ましてや彼を困らせたいわけでもなかったから、アーリアは静かに頷いた。

「……ごめんなさい……判りました」

「謝らなければならないのは、私の方だよ。もっと早く、こんな式の当日などではなく、君と話す機会を設けなければならなかったのだからね」

ソリュードは微笑むと、まだ挙式用の白い手袋をはめていない彼女の手を取り、甲に口付けた。

彼の柔らかい唇の感触を肌で感じれば、何故かアーリアの身体が熱くなってしまう。彼からこんなふうにキスをされるのが、初めてというわけでもないのに。

「熱っぽいね。色々と無理をさせてしまったせいだな、すまない」

「……大丈夫、です」

この熱っぽさは、体調の悪さからくるものではないように思えたから、アーリアはそう

答える。

「式が終わったら、ゆっくりと身体を休めるといい」

彼がにこりと微笑んでくれる。まるで愛しい人を見るような彼の優しい眼差しに、不安でいっぱいになっていた心が落ち着いてくる。そんなアーリアの右手を握りしめ、ソリュードが囁く。

「……君のウエディングドレス姿は、とても綺麗だよ」

彼の賛辞に思わず頬を赤らめてしまうが、彼女が身につけているものは、本来カトリーヌが着用すべきものだったことを思い出してしまう。

「ありがとうございます……でも、本来はお姉様のために用意してくださったものなのに、私が代わりに着用することになってしまって……ごめんなさい」

「違う、全て君のために用意したものだ」

それは急遽別のものを用意したという意味だろうか？　確かに、このウエディングドレスは、カトリーヌには可愛らしすぎるデザインだった。

「あ……そうだったのですね、わざわざありがとうございます。こんな私のために様々なお心遣い感謝します」

アーリアの言葉を聞いたソリュードは苦笑する。

「……私を夫だと、君は認めてくれたんだよね？」

「それは、その……はい」

アーリアの返事に彼は目を細め、今度はにっこりと微笑んだ。

「では、口付けてもいい？　君の花のように愛らしい唇に」

魅惑的な彼のロイヤルブルーの瞳が、アーリアを見つめてきていた。まっすぐな彼の視線はどこか熱っぽく思えて、アーリアの鼓動が速くなってしまう。

「私の唇にですか？」

「そうだよ」

「く、口に？」

「そうだ」

この後、神の前で誓いのキスをしなければいけないから、そのための予行演習をしておこうという意味なのだろうか？

「……予行演習、ですか？」

「なんのための予行演習？」

「夫婦の誓いのためです」

アーリアの言葉を聞いて、彼は笑った。

「君は、そんなものに予行演習が必要だと思っているのか？」

「だって、他に思いつかないです。ソリュードが私にキスをしなければいけない理由なんて」

「……〝しなければいけない〟理由なんてないよ。ただ、私が君に口付けたくて堪らなくなっているだけだ」

「口付けたい……？　私にですか」

「ああ、そうだ。君の唇が欲しい」

彼が自分を欲してくれている……？　それがたとえ一部分のことであっても、心の中が歓喜で震えてしまう。

「……ど、どうぞ」

ぎゅっと目を瞑ると、衣擦れの音が聞こえて人の気配が近づいてきた。すぐ傍に感じる彼の吐息。緊張のあまり全身が小刻みに震えてしまっていた。

「怖がらなくてもいい、こんなところでは何もしようがないよ。目を開けて、アーリア」

ソリュードの言う通りにそっと目を開けると、間近にロイヤルブルーの美しい瞳があった。

「愛しているよ。君がどう思おうが、君は私の妻だ」

「……んっ」

見つめ合ったまま、唇が触れ合う。彼の唇に触れられて心の中で嵐のような感情が沸き上がった。どうしてか、彼と触れ合うことが嬉しいと感じてしまう。

（ソリュードの唇……が）

ただ触れ合うだけの口付けなのに、胸の中がどんどん熱せられていくようだった。

「ん……ぁっ」

やがて、ちろりと唇を舌先で舐められて、アーリアの身体が跳ね上がった。

「……可愛い反応だね。もっとしてしまいたくなるよ」

それが何を指しているのか彼女には判らなかったけれど、ソリュードの瞳が蠱惑的に見えて、胸がどきどきしてしまう。もっと口付けたいという意味なら、してくれても構わなかったのだが。

コンコン、と遠慮がちに扉を叩く音がして、ソリュードはアーリアの頬を名残惜しそうに一度撫で、苦笑しながら立ち上がった。

「残念だな、時間が来てしまったようだ……それでは、また後ほど。逃げ出しても、連れ戻しに行くからね」

「逃げたりしません」

「そうしてくれ。花嫁を追い回すことはしたくないからね」

魅惑的な笑みを浮かべて従者と入れ替わるように部屋を出ていったソリュードを、アーリアは赤らんだ頬のまま、ぼんやりと見送ることしか出来なかった。


――その後、つつがなく式は執り行われ、アーリアは大勢の来賓に見守られる中、ソリュードと夫婦になった。

第二章　気まぐれな口付け　許されざる思い

ライアー公領内にあるアルジャン城で、アーリアの新婚生活が始まってから早一ヶ月が過ぎようとしていた。

緑に囲まれた広大な敷地面積を誇る石造りのアルジャン城と、湖の畔《ほとり》にあるコライユ城の二つの城をソリュードは所有していて、ロワール宮殿に近いことから、ソリュードは生活の基盤をアルジャン城においている。

ふたりの結婚式は済んだものの、リシャールとカトリーヌの結婚式の準備で忙しく、ソリュードはアルジャン城にいる時間が短かった。

国をあげての一大イベントが、目前に迫っているから仕方がないとはいえ、ふたりはこの一ヶ月間、夫婦とは言い難い生活を送っている。

アーリアは、アルジャン城の一室を、彼女の部屋として与えられていた。淡い色合いの花柄の壁布が可愛らしい空間作りを演出していて、アーリアの部屋には瑞々《みずみず》しい花が飾られている。そんな部屋の中で、彼女はいつもぽつんとひとりで刺繍をしていた。

そもそもこの城にいる時間が少ないソリュードではあったが、それぞれの部屋を持ち、寝るのも別という生活をしているため、共に過ごす時間が圧倒的に少なかった。

ブルージュ王国では、結婚しても部屋を別々にして過ごす夫婦が多い。個々の生活を尊重するためで、アーリアの両親もそうしていたから、その点に関して異論はないけれど。

（やっぱり……妻として、認められてないのかな……）

アーリアは、ふぅっと溜息を吐き、手に持っていた木製の丸い刺繍枠をすぐ傍にあるテーブルの上に置いた。

憂いを帯びた瞳を窓の外に向ければ、闇色の空には薄い光を放っている月が見えた。

こうしていると、モンティエル家での生活と変わりないように思える。望まれない花嫁が酷い仕打ちを受けるわけでもなく過ごせているのだから、なんの文句もない。酷いどころか十二分に大事にされているとは思えた。

今、彼女が着ているサファイアブルーの豪奢なドレスや、耳元で揺れるダイヤのイヤリングは、アーリアのために作られたものであったし、亜麻色の髪に飾られたシルクフラワーの髪飾りにも真珠やらダイヤなどの宝石がふんだんに使われて一目見ただけでも高価だと判る。

ドレスを初めそういった髪飾りも、毎日違うものを着用していても、二度目はいったいいつ着用出来るのだろう？　と思ってしまうくらいの量をソリュードは彼女のために作らせていた。

アルジャン城の部屋で、彼女は閉じこもりきりの生活を送っているから、そんなにたくさんのドレスやアクセサリーは不要であるのに、今日も彼女のもとにはソリュードがひいきにしている宝石商からエメラルドの指輪が届けられていた。

高価な品をたくさん与えられるのは、大事にして貰っていると言える。

——嬉しいけれど、心の中はまるで霧がかかったようになってしまうのは何故なのだろう？　アーリアは窓の外に視線を向けたまま、先日のパーティーの様子を思い出した。

王族の血筋であるソリュードが結婚したということもあり、大勢の来賓を招いての盛大なパーティーがアルジャン城で行われた。

リシャール王子や未来の王妃となるカトリーヌも招かれていたため、華々しいものだった。

けれど、夫となったソリュードは、にこやかに微笑んでいるようには見えたが、いつもの笑顔ではなく硬い表情だとアーリアは感じた。そして、パーティーの間はずっと彼は隣にいたものの、アーリアに微笑みかけることも親しげに話しかけてくることもなかった。

カトリーヌが出席しているから、心中穏やかではなかったのだろうか？

輝くような美貌の持ち主であるカトリーヌを、リシャールに奪われた彼の心情は計り知れないものがある。ましてや、ソリュードとカトリーヌは婚約までしていたのだから質《たち》が悪いと思えた。

（……でも）

リシャールは、婚約者を従兄弟から奪った人物には見えなかった。ソリュードに対してどれほど尊大な態度を取る人物なのかと想像していたが、実際の彼は違った。

ソリュードの血縁者だとすぐに判るくらいの彼と似た美貌の持ち主で、リシャールの琥珀の瞳は親しみを込めてソリュードを見ていた。

ソリュードと離れ難いのか、彼の横に陣取るようにしていつまでも楽しそうな会話をしている——そんな彼らの様子を、アーリアは少し離れた場所で見ていた。

それというのも、リシャールがカトリーヌと共にふたりの傍に歩み寄ってくると、挨拶もそこそこに、ソリュードがリシャールを彼女から少し離れた場所に飾ってある絵画の前に連れていってしまったのだ。

久々に会ったカトリーヌとゆっくり話をすることが出来たけれど、ソリュードの態度はアーリアをリシャールと関わらせたくないといったものに感じられて、哀しくなった。

（私を交えて話をするのが、嫌なんだわ）

なんとなく、何故、ソリュードがモンティエル家を訪れるのは決まってアーリアが寝込んでいるときなのかが、判ったような気がした。

自分を、彼と同席させたくなかったからだ。この国の王子であるリシャールと、同席させるには相応しくない人間だから、わざと体調の悪い日ばかりを選んで来たのではないかでもあった。
祝福ムード一色のパーティーではあったけれど、アーリアだけが哀しくさせられる一日
（……私、やっぱり……好かれてないのね。判っていたけれど）
と思えた。

何度目かの溜息を吐いたところで、傍に控えていたメイドのクレールが話しかけてくる。

「奥様、紅茶でも淹れましょうか？」

クレールは、アーリアがアルジャン城に来てから彼女の世話をしてくれているメイドだ。

年若いクレールは、シャルロットと同じ年齢で、性格的にもよく似ているように思えた。

「お願いしようかしら」

そういえば喉も渇いてきていた。

気が利くメイドは、紅茶と共にアーリアの好物であるりんごのコンポートケーキも用意してくれて、沈んだ気持ちが少しだけ浮上したように思えた。

そんなアーリアの様子を見ていたクレールが、にっこりと微笑んで話をする。

「旦那様は以前より、こういった生活スタイルなんですよ」

聞けば、ソリュードはロワール宮殿内に部屋を与えられているらしく、週のほとんどをそこで過ごしていたそうだ。今は、昼過ぎに出掛けて深夜に帰ってくるという生活を送っている。

彼がいないことを寂しがっていると思われてしまっているのだろうか。クレールが元気づけようとしてくれているのは理解したため、サファイアブルーのドレスを着たアーリアは、紅茶を飲みながら、クレールの話を聞いた。

「幼少時より、旦那様はリシャール殿下のお気に入りだったそうですよ」

「……そう」

年若いクレールは、人づてに聞いた話だと言いながら、リシャールとソリュードの話をする。多少の尾ひれはついていそうではあったが、ふたりがいかに仲が良いかというのは、理解出来る内容の話だった。けれど、やはり仲が良いのならどうして、ソリュードが愛しているカトリーヌを花嫁に選ぶのかが、アーリアには判らない。リシャールはソリュードを哀しませたいのだろうか？

「でも、以前からあまりお帰りになられない生活をなさっていたのなら、今は、お身体が辛いでしょうね」

帰ってこなくてもよかったものを、今はアルジャン城に帰ってこなければいけないのだから。

「少しでも、奥様の顔を見たくてお帰りになっているのですから、お身体に障るということもないですよ」

クレールは鳶色《とびいろ》の瞳をキラキラと輝かせながら、そんなことを言った。

「ブルージュ王国で評判のお美しい奥様を娶られたんですもの、放っておくほうがお心が休まらないでしょう」

「……それは、私の姉の話であって、私のことではないわ」

申し訳なさそうにアーリアが言うと、クレールは結い上げた茶色の髪が崩れるかというくらいの勢いで首を左右に振る。

「まあ！　何を仰るのです。モンティエル家の姉妹は美貌の姉妹だと、私たちの耳にも入るくらいですのに」

「美貌の姉妹……そうなの」

カトリーヌの妹なら美しくて当然だ――ということから生まれた評判なのだろう。

あまり舞踏会に出席することもなければ、たまに出掛けてもリモージュボックスの工房に行くくらいで姿を見られることなどなかった筈なのに、〝美貌の姉妹〟だなんて噂がたつ理由は他に考えられない。

「奥様のお美しさを見ていると、カトリーヌ様もさぞやお美しいんだろうなと想像が出来ますわ」

クレールの言葉に、アーリアは顔をあげる。

「お姉様は、このお城にいらしたことはないの？」

それとも、立場的にクレールが会えなかったというだけなのだろうか。

「カトリーヌ様がこちらにいらしたというお話は、聞いたことがありません」

「……そう、じゃあ……コライユ城のほうで会っていたのかしら」

「コライユ城にはごくごく親しい方しかお招きしないと聞いておりますので、考えにくいと思います」

彼女の話を聞いていると、複雑な感情が芽生えてくる。

カトリーヌは婚約者だったのだから、親しくないという間柄でもないだろうに。

「コライユ城を、ソリュードはとても大事になさっているのね」

「美しい湖の畔にあるお城なので、たいそうお気に入りだと聞いています。そのうち奥様もご覧になることになると思いますわ」

「……そうかしら」

カトリーヌを招かなかった城に、自分が連れていって貰えるとは到底思えない。

アーリアは少しだけ哀しい思いを胸に抱き、俯いた。

「そんなに行きたいのであれば、今からでも出発するか？」

柔らかな声が部屋の中に響く。

アーリアが驚いて顔をあげると、濃紺に豪奢な刺繍がなされているフロックコートを羽織ったソリュードが立っている。

「……お、お帰りなさい、ソリュード……今日はお帰りが早いんですね」

シルクのドレスの裾を摘み、アーリアが慌てて立ち上がると、ソリュードは笑みを浮かべる。

「話に夢中だったようだね」

クレールは深々と頭を下げて、彼のお茶の準備をするために他のメイドを伴わせ、部屋から出ていった。

「……その……申し訳ありません」

「何故謝る？　君が、この城の使用人ともうまくいっているようで私は安心したよ」

「それは……クレールがシャルロットに歳も近いので、なんだか親近感が湧いてしまうのです」

「それはよかった。同じ歳の娘を、君につけた甲斐があったな」

「わざとそうしてくださったのですか？」

アーリアの問いかけに、ソリュードは肯定するように微笑んだ。

「今日の、その花柄のドレス。とても似合っているね」

青地に小花が刺繍されているドレスは、ソリュードがアーリアのために仕立てさせたものだった。

「ありがとうございます。ソリュードの瞳と同じ色なので……私もこのドレスはとても気に入っています」

「随分と口が上手になったね。クレールにそういうふうに言えと習ったのかな？」

からかうように言われて、アーリアは羞恥のあまり顔を赤らめた。

「違います……そんなふうにからかわれてしまうなら、私は何も言えなくなります」

「ああ、すまなかったね。君があまりにも可愛らしかったから、ついね」

ソリュードはそっとアーリアの肩を抱く。

彼に触れられた途端、身体が大袈裟なまでに跳ねてしまった。

「ご、ごめんなさい」

「私が怖いのか？」

耳元で囁かれると、背筋がぞくぞくとしてしまう。

ミル伯爵に感じた嫌悪に近いそれとは違う。けれど、男性に対して感じてしまう恐ろしさがないとは言い切れない。

「……こ、怖くないです」

「嘘はいけないよ。私はこんなにも君を愛しているというのにね」

彼は短いキスをアーリアの唇にした。

結婚式から一ヶ月——。ふたりはまだ完全な夫婦にはなっていなかった。

ソリュードが多忙というのもあるが、大きな理由はそこではないように思える。

確かに、男性に触れられることに対して拒否感を覚えてはいるが、相手がソリュードであるなら乗り越えられないものではない。

彼がある一定のライン以上踏み込んでこないのは、ソリュードの気持ちの問題ではないだろうか？　とアーリアには思えてならなかった。けれど、多くも望めない。

（だって……ソリュードは嘘を吐《つ》いているもの）

本当は、結婚したくなかった。本当は、愛していない。けれど、体面の問題でそうしなければいけなかっただけ。嘘で固められたものの中に、そんな真実があるようで、アーリアの心はちくちくと棘で刺されたように痛んでいた。

アーリアが俯いてしまうと、ソリュードが彼女の耳朶《じだ》にそっと唇を寄せる。

「明日からは、もっと早く帰ってこられるようになる」

「あ……ぁ、そうなのですね」

「君にお願いがあるのだけれど」

改まった口調で言われて、アーリアが思わず身体をこわばらせてしまうと、ソリュードが笑った。

「明日から、二十時に、私の寝室にあるホールクロックのネジを巻いて欲しいんだ」

「時計のネジ……ですか？」

ホールクロックのネジ巻きを、何故彼が自分に頼むのか判らなくて戸惑ってしまう。それを察してか、ソリュードは微笑む。

「従者に頼んでおいても忘れてしまって、時計が止まってしまうことが多くてね。アーリアなら、ちゃんとやってくれると思ったのだけれども……どうだろう」

「そうなのですね……判りました。二十時にネジを巻いておけばいいんですね」

「ああ、頼むよ」

ソリュードがポケットから取りだした小さなネジを、アーリアは受け取った。

時計のネジ巻きくらいは出来るだろう。だから断る理由はないとアーリアは思ったが、普段従者がしていることをわざわざ自分に頼むのは何故なのだろうか。

（お父様なら、時計のネジを度々巻き忘れてしまう従者をそのままにはしておかないわ……）

厳格な父なら、厳しく罰するだろう。そうでなければ、大勢の従者を雇う屋敷の主としての威厳が損なわれてしまうからだ。

穏やかな口調で彼女に用事を頼んできたソリュードも、立場は同じ筈。

小さなネジをぎゅっと握りしめていると、彼が苦笑する。

「……難しそうかな？」

「い、いいえ……やれます……大丈夫です」

彼は首を傾け、微笑んだ。

「ん、じゃあ、お願いするよ。ところで、体調はどうかな」

「はい、おかげさまでこのところは調子がいいようです」

ソリュードがアーリアの身体のために買ってきた薬草酒を、彼女は毎日飲んでいた。アルコールに弱い彼女だったから、少量飲んですぐ酔ってしまうが、薬草酒のおかげか今のところ高熱が出ることなく過ごせている。

「よかった。遅い時間まで君を起こしてしまっているから、体調を悪くさせてはいないか心配だったんだよ」

時刻は二十二時を過ぎている。

このところ、彼が城に戻ってくるのは早くても二十四時で、ロワール宮殿で舞踏会がある日などはもっと遅くなる。

結婚しているソリュードにとって、舞踏会は結婚相手を見つける場ではなくなってしまったが、貴族同士の交流の場としては必要不可欠で、それはこの国の王太子であるリシャールにとっても同様だった。

「あの、お願いがあるのですが」

「なんだろう？」

ソリュードはアーリアに腰掛けさせてから、話を聞く。

「リモージュボックスを見に、街へ出掛けたいのです。いいでしょうか？」

「いつ？」

「出来れば……体調もいいので今週中にでもと思うのですが」

彼女の返事に、ソリュードは少しだけ難しそうな表情を浮かべる。

「今週か……来週では駄目かな」

「……それでは、来週で……」

結婚してから、アーリアはひとりで外出をしたことがなかった。

ソリュードが同行しなければ、城から出ることが許されていないからだ。そしてそれは、城の中でも同様で、彼女は自分の部屋を出るのにも彼の許可が必要だった。

アーリアは視界の中にいるメイドたちの様子を、それとなく気にした。いつも彼女の傍には、クレール以外にも数名のメイドがいる。クレール以外のメイドとはお喋りを楽しむことがないため、少々息が詰まる思いがしていた。

会話をしないのが彼女たちの仕事スタイルなのかもしれないが、なんとなく見張られている感じが否めないのだ。

城の中をうろつかせたくないのも、外出をさせないのも、ソリュードの妻として認められていないからだろうかと、そんなふうにも思えてしまう。

もともと身体が丈夫ではない彼女は、外に出られなかったり、歩き回れないことに対して窮屈さを感じたりはしないけれど、行動の制限をする彼の真意が見えなくて不安になる。

『君の身体が心配だからだよ』

アルジャン城は広いから、不用意に歩き回って疲れてしまってはいけない。外出するのを制限してしまうのも、君に何かあったらと考えてしまうからだ。とソリュードは説明をしてくれたけれど、鵜呑みには出来ないように思えた。

——彼の部屋に、青い鳥が描かれたリモージュボックスがあるかどうか、クレールにこっそりと聞いたことがあったが、部屋にあるのも持っているのも見たことがない。と言われたせいだろうか。

アーリアからのプレゼントを彼が気に入ってくれていない事実が、勘ぐらせてしまうのだろうか。

「どうかしたのか?」

俯いてしまった彼女の顔を、ソリュードがのぞき込んでくる。

長い睫毛に縁取られたロイヤルブルーの瞳に、アーリアの心が吸い寄せられた。

結局のところ、彼が自分をどんなふうに思っていても、彼女自身はひどくソリュードに惹かれてしまっているのだ。ソリュードの真意がどうであれ、惹かれる気持ちは止められそうにない。

(私は、この人が……好きなんだわ)

彼を思うと、胸の奥が甘く疼《うず》く。誰に対しても抱かなかった恋心の芽生えは、少しだけ苦くて辛いと思えた。

姉のカトリーヌを愛している人を、好きになるなんて——。彼女を超える女性にはなれそうにない。

自分の優れている部分が見つけられなかったから、ただ自信だけが喪失されていく。

濡れた睫毛を隠すために、慌てて指先で拭ったけれど、ソリュードには気付かれてしまう。

「あ……ぁ。判ったよ、アーリア。だったら、今週の……土曜日に、街へ行こう。それで許して貰えないだろうか」

思いがけない彼の言葉に、アーリアは濡れた瞳をソリュードに向ける。

「ごめんなさい、出掛けるのは、来週でも構いません」

「いや、今週にしよう。最初に君がそう言ったのだから、きちんと叶えるべきだったよ」

「……ソリュード」

嬉しいと思う反面、彼が歩み寄ってこようとするのは、カトリーヌのことがあるからだろうとも考えてしまって哀しくなる。

零れ落ちたアーリアの涙を見て、ソリュードは口許を引き締めた。

「アーリア……君は、私を、愛しているか？」

跪き、見上げてくる彼の視線が痛い。

何故ソリュードがそんなことを問うてくるのかが判らないけれども、アーリアは思ったまま答える。

「〝私は〟あなたを愛しています」

そう。自分は彼を愛している。彼は自分を愛してはくれていないだろうけれど。

ふいに彼の端整な顔が近づいてきて、そのまま口付けられる。

いつもの短い口付けではなく、アーリアの唇の感触を知り尽くそうとするような熱の籠もった口付けだった。

「ん……」

彼の体温を感じている時間が長くなるほど、自分の中にある感情を強く意識してしまう。

ソリュードの手が彼女の腰に添えられた瞬間、身体がひくりと跳ねた。そんなアーリアの反応を見て、ソリュードは苦笑する。

「……私を、信じて欲しいな。君に危害を与えようとしているわけではない」

「信じています」

ソリュードは他の男性とは違う。

判ってはいたが、身体の震えを止めることは出来なかった。


彼はその後、クレールが用意した紅茶を飲み終えると、早々に部屋を出ていった。

(夫婦って、いったいいつ、本当の夫婦になるものなのかしら……)

結婚した日の夜、いわゆる初夜の晩も、アーリアとソリュードは別々のベッドで休んだ。

アーリアが慌ただしく受けることになった花嫁教育の中には、初夜の心構えというものもあり、教育係のエジュリー夫人が淡々と教えてくれた。

第一に痛みに耐えることが、妻としての役割。じっと耐えていれば、やがて夫は子種を吐き出す。そういった行為を何度か繰り返した後に、子を宿すものだ。

痛みに耐えなければならない——そういった事実が男性に対して恐怖心を抱かせてしまい、その結果、身体に触れられれば震えてしまうのだろうか。けれども、そういった〝夫婦の営み〟を夫がよいものだと思ってくれなければ、子が出来にくいとも、彼女が教えてくれた。

どうすれば夫がよいと思ってくれるのかまでは教えてくれなかったが。

「……そういえば、ソリュードの寝室って、どこなのかしら」

ホールクロックのネジ巻きを頼まれたものの、アーリアは彼の部屋がどこにあるのか知らなかった。

「旦那様の寝室は、この階にあります。奥様の部屋を出て右の突き当たりがそうですよ」

アーリアの着替えを手伝っていたクレールが、そう答えた。

「ありがとう。私、明日の晩から、ソリュードの寝室にある時計のネジを巻かなければいけないの」

「二十時ですよね、聞いております」

「……そうね。聞いていない筈なかったわね」

ソリュードの許可なく城の中を歩けないのだから、彼がアーリアに用事を頼んだことをメイドのクレールが知らないわけがない。

「旦那様から、奥様の服装は白モスリンのシュミーズドレスにするようにも言われています」

「そうなのね」

ネジを巻きに行くだけなのに、わざわざ着替えるのは何故だろうと思いながらも、どんなに考えても答えは出てこないため、アーリアは考えるのをやめた。

青いドレスから寝間着に着替え終わると、急激に眠気が襲ってくる。

クレールから小さなグラスに注がれた薬草酒を受け取り、飲み干すと、アーリアは天蓋付きのベッドに入った。

「それではお休みなさいませ奥様、今夜はぐっすりと眠ってくださいね」

「……ありがとう。クレール、あなたもね」

羽根枕に頭を乗せると、その柔らかい感触を楽しむ間もなく、アーリアは眠りについた。

☆☆☆

翌晩。

二十時前にシュミーズドレスに着替えさせられたアーリアは、自分の部屋を出て、ソリュードの寝室に向かっていた。

ネジを巻いて帰るだけだからか、アーリアの部屋から出るのにメイドが付き添うことはなかった。

場所的にも迷ってしまう位置でもないので、アーリアはすぐにソリュードの寝室に辿り着く。

念のためにノックをしてから入室すると、大きなホールクロックが目に入った。

（これのことね）

アーリアの背丈以上ある大きな時計。

ネジを巻く部分は最上部の文字盤にあり、まずは文字盤を覆うガラス戸を開けなければいけないようだ。

(どうしよう……届かないわ)

室内を見渡すと、奥の間に続く扉の傍にスツールが置いてあった。とりあえずあれを踏み台にすれば届くだろうか。それともいったん部屋に戻り、クレールを呼んだほうがいいだろうか？　とアーリアが悩んでいると、スツールの傍の扉が開いた。

「お困りなのかな？　アーリア」

「……ソリュード……？」

現れた人物に目を見張る。どうして彼がこの時間にいるのだろうか？

「どうして……」

彼の服装も、シルクのシャツにトラウザーズというくつろいだ装いだった。

「ひどいね。今日からは少し早く帰れると、昨日言っておいたと思うよ」

驚いているアーリアを少しだけ非難がましく見つめてから、ソリュードは微笑んだ。

「確かにそれは聞いておりましたが……お帰りになられているのでしたら、言ってくだされればよかったのに」

時計のネジを握りしめながらアーリアが言うと、ソリュードは花柄の布が張られたスツールを片手に時計の傍まで寄ってくる。

「帰ってきたのは、ついさきほどだからね……」

彼はスツールを時計の前に置いた。

背の高いソリュードが、文字盤の戸を開けるには不要のものであったから、アーリアは自分がそれをしなければいけないのだと悟る。

「あの……あちらに行っていてくださいませんか」

「何故？」

「ソリュードに……見られているのは恥ずかしいです」

スツールに乗る姿を見られるのは、恥ずかしいことだと彼女は思っていた。

「足を踏み外しでもして、君が怪我をしたら危ないだろう？」

彼はそんなもっともらしいことを言いながら、手を差し伸べてきた。

「……危ないことだと思うのなら、私に頼まなければいいのに」

うっかり抗議の言葉を口にしてしまうと、彼が愉快そうに微笑んだ。

何故だかその笑顔が親しげに見えてしまって、アーリアも微笑んでしまう。

「この役目は、君でなければ駄目なんだよ」

アーリアはソリュードの手を借りてスツールの上に登ると、ガラス戸を開けた。

ネジ穴にネジをさしこみ、巻く作業はほんの数秒で終わる。

「私がどうして寝室の時計のネジ巻きを、わざわざ君に頼んだのだと思っているのだろうね？　まぁ、君のそういう部分も可愛いと思えるけれど」

「え？」

スツールから降りて彼を見上げると、青い瞳がいつもより色濃く輝いている。

「どうしてもなにも、昨日……ソリュードが仰った通りではないのですか？」

「従者がネジを巻くのを忘れてしまうから？」

アーリアは彼の返事に大きく頷く。確かに彼はそう言って、頼んできた筈だった。

「そういう言葉はあっさりと信じてしまうんだね。君は」

長い睫毛に囲まれたソリュードの瞳は、艶めいた輝きで満ちていた。

違うとするなら、いったい他にどんな理由があるのだろう？

アーリアが考え込む様子が彼には面白く感じられてしまうのか、ソリュードは笑っている。

「判らないです、教えてください」

他に何か明確な理由があるなら、聞いておかなければいけない。

「本当のことを言ってしまったら、君は明日から来なくなってしまう」

「言われたことくらい、ちゃんとやります」

そうだ、なんていうことはない作業なのだと、アーリアが胸をはって告げると、ソリュードは愉快そうに肩を揺らしている。

「どうして……笑うの？」

そもそも続かないと思われているのだろうか。それは心外だった。

「時計のネジを巻くことくらい、やれるもの」

「君がネジを巻くことが出来るのは、判っているよ。そんなことは疑ってない」

判って貰えているならそれでいいとばかりに、アーリアがこくりと頷くと、彼はまた肩を揺らした。

「どうして笑うの……」

困り果てて、あたりを見回すと、主人が部屋にいるというのに、従者がひとりもいないことに気が付いた。

「……誰もいないんですか？」

「寝室はプライベートな場所だから、使っているときはそれが従者であっても入れたくないんだよ」

彼女の質問に答えながら、ソリュードはゴブラン織りのソファに腰掛け、アーリアにも隣に座るよう促した。

「……とりあえず、座ろうか」

「はい」

彼の隣に座った瞬間、アーリアはソリュードの腕の中に引き寄せられた。

「ソリュード？」

「私はもう、待てそうにないよ」

「何を？」

ロイヤルブルーの彼の瞳が甘く輝いていた。艶めいた瞳で見つめられると、アーリアの胸の鼓動が速くなってくる。

「……アーリア」

そっと唇が重なり合う。短い口付けが、彼女の反応を見るようにして何度も繰り返される。

「ん……ぅ」

ソリュードに何度も口付けられると、知らず知らずのうちにアーリアの身体が震え始めていた。

「愛しているよ……」

ふいに胸に触れられて、驚きのあまり身体が跳ねてしまう。

「ソ……ソリュード？」

動揺を隠しきれないアーリアを尻目に、彼はそのまま彼女の胸をゆったりと揉み始めた。ソリュードの大きな掌がふにふにと自分の胸を揉みしだく様子は、なんだか不思議な気分にさせられる。激しい羞恥と快楽の狭間に落とされたようで、どうしていいのか判らなくなってしまう。そしてそんな自分の様子をソリュードのロイヤルブルーの瞳が、じっと観察するように見つめてきていた。

「……少しだけ、我慢していてくれないか？」

すっきりと切れ上がった彼の瞳も、アーリアは好きだと思えていた。黙っていれば酷薄そうに見えてしまう瞳ではあるが、口許が綻べば青い瞳は春の日差しのように柔らかな光を放ち始める。

自分の胸を揉んでいるこのときも、優しい色をしているように感じられていた。

「そ、そんなところに……触れられると、とても……恥ずかしい、です」

肩や頬でも彼に触れられればほのかな羞恥を覚えるが、胸に触れられていると変な感じがして戸惑いが増していく。

「……私に触れられたくないか？」

「いいえ、そんなふうには……思わないですが」

恥ずかしいとは思うけれど、触れられたくないとは思わない。そして、羞恥に勝る喜びがあるのも事実で、やはりどうしていいのか判らなくなってしまうのだ。

「もっと、君に触れたいよ」

彼の艶めいた声が鼓膜をくすぐった。ソリュードのそんな声を聞いただけでも、アーリアの全身が甘く痺れていく。彼が触れたいと思ってくれているのなら、嫌だと言えない。

「……は、い」

「好きだよ、アーリア」

彼に揉みほぐされている胸の先端が硬くなり、モスリンの生地でその部分が擦れる感触にも羞恥心が湧いた。

「あ……ぁ、ソリュード……」

「可愛い声……君の声は、私を夢中にさせるね」

自分の甘えるような媚びた声も、乱れていく吐息も恥ずかしくて堪らない。それを意識させるソリュードの言葉にも、激しい羞恥を覚えさせられた。

「……ン、ぅ……」

「あぁ……アーリア……可愛いよ」

シュミーズドレスの肩を落とされ、彼女の白い乳房が露出する。

細い身体にはやや不釣り合いのふっくらとした膨らみを、彼は見つめてきていた。

ソリュードのロイヤルブルーの瞳で胸を見られている。胸元を見られるだけでも恥ずかしいのに、今は裸の胸を見られてしまっている。そんな事実を前にしてアーリアは、羞恥でどうにかなってしまいそうだった。

「見な……いで」

アーリアが震えると、硬く立ち上がった先端部も、小さく震える。

彼女の瞳に浮かんだ羞恥の涙に気付いたソリュードは、薄く笑った。

「君は、誰のもの？　誰の妻？」

突如として宿った彼の瞳の獣性に気付かされて、アーリアは怯えた。

──怖い、なんだか恐ろしい。それが彼女にとっては得体の知れないものであったから、怯えさせられ、ミル伯爵の遠慮のない瞳を思い出させられた。

「……ゃ」

むずかるように首を振るアーリアに、ソリュードは焦れた表情を浮かべる。

「嫌、じゃないだろう?」

「だ、だって……怖い……」

「……それは、私の顔が、という意味だろうか?

思わず頷いてしまう。彼の顔が、というよりは獣性みなぎる瞳だったけれど。

そんな彼女の反応を見て、ソリュードは小さく笑った。

「では、こうしよう」

アーリアは腰を抱きかかえられ、後ろ向きでソリュードの膝の上に乗せられた。

「——っ」

そしてドレスを捲り上げられ、股の間に指を這わされる。彼の指が、アーリアの花芯に伸びてきてその場所を何度も擦った。

「そ、そんなところ……触ったら駄目、です」

触れられることに了承はしたけれど、排泄器に触れてくるとは予想もしていなかった。

ソリュードの綺麗な指がそこに触れて汚れることには耐えられない。

「もっと下ならいいか?」

「ひゃ……ぁ」

彼の指が少し下がり、蜜口に触れる。

「ここなら触れていい?」

「そ、そこだって……汚いです」

ここに来る直前に何故かクレールに湯浴みをさせられたけれど、だからといって綺麗な場所とは言い難いとアーリアには思えていた。

「君の身体に不浄の場所などないよ。肌からは、甘い花のような香りがする」

「それは……クレールが……」

薔薇の香りがする石鹸をたっぷりと泡立てて、アーリアの身体を洗ったためだ。

「だったら尚のこと、汚くはないだろう」

彼の指が再び花芯に触れてくる。

「触れたら、駄目……っ」

ソリュードの指で花芯を擦られれば、彼に触らせてはいけないと思うのに、それと同時に快感も湧いてくる。

甘い快楽が全身を痺れさせ、もっと触れて欲しいという気持ちが芽生えてきてしまい、アーリアはどうしていいのか判らなくなった。

そして、彼の動きを助けるようにして、アーリアの体内からは蜜が溢れ出してきて、下着をしっとりと濡らしていく。

（な……に？）

溢れる蜜が増えるほど、体内で燻《くすぶ》るものが大きくなっていくように感じる。お腹が熱くなる感覚に、今、自分が彼の膝の上で何をされているのかも判らなくさせられていた。

「君は……敏感なんだね」

知らないうちにドロワーズは脱がされ、彼の指がアーリアの秘裂を直に弄ってきていた。

「や……ぁっ……ン」

ソリュードの指に直接触れられる感触は、あまりにも良すぎた。興奮に膨れあがった花芯を弄られてしまえば、あられもない声が出てしまう。

「や……ゃあ……そんなに、しな……いで」

「こんなに……溢れているのに？」

ソリュードは蜜源に指を滑らせて、わざとくちゅくちゅと粘着質な水音を立たせた。その淫猥な音に、アーリアの全身が羞恥に震える。

「あ……ぁ……」

花芯に触れられるのも、身体への入り口に触れられるのも、どちらもいいと感じてしまう。快楽の海に投げ出された身体は、少しも彼女の言うことを聞いてくれそうにはなかった。

「……や、だ」

「何が嫌なの。私たちは夫婦なのだから、当然のことをしているまでだろう？」

冷ややかな声色に、アーリアが彼を振り返りざまに見上げると、ソリュードは青い瞳を細めた。

「……君がちゃんと言わないから、辱めたくなるんだよ」

今度はソファの上に寝かされ、大きく足を開かされる。

ソリュードは彼女の足を閉じさせないように固定しながらも、トラウザーズの前をくつろがせて猛々しく上を向いた男性器を引き出した。

このときになってようやく、彼が自分を抱くつもりだったのだと気が付いた。エジュリー夫人が教えてくれた初夜の心得とは順序も様子も違ったから気付けなかった。

だから、彼は夫婦として当然のことだと言ったのだ。

「あ……ぁ」

とはいえ、ソリュードの美貌には似つかわしくない凶暴に見える長大なその部分に、アーリアは震え上がり、たちまち恐怖心に支配される。

「……ちゃんと、言って」

「ゃ……ぁ、ソリュード……こ、わいの」

「ね？　言いなさい」

アーリアの花芯にひたりと、勃《た》ち上がっている部分を押しつけ、ソリュードはゆっくりと身体を動かし始める。

「あ……ふ……ぁ」

彼のあの部分で擦られ、腰の力が抜けるほどの甘い快感が湧き上がった。

「……怖くない。君が、本気で嫌だと思うことはしないよ」

アーリアの身体を抱きしめながら、ソリュードは彼女の耳元であやすように囁いた。

その間にも、彼の腰は絶えず揺れ、アーリアは甘美な快感を与えられ続けていた。

「あ……あぁ……ン……」

脳内がどろどろに溶かされていくような錯覚に陥る。甘い愉悦はアーリアの心も身体も蕩《とろ》かせ、何も考えられなくさせていく。

太くて長い幹で花芯を擦られて、敏感なその場所が与えられる刺激を快感に変えてしまっていた。

「アーリア、君は誰の妻？」

彼はさきほどと同じ質問をアーリアにしてきた。彼女は息も絶え絶えに答える。

「……わ、たしは……ソリュードの妻、です」

「誰のもの？」

同種の質問だと思うけれど、言葉を変えたそれに何故かアーリアは身体が熱くなってしまう。擦られている部分の快感が、強くなった感じがして、高い声があがった。

「ひ……や……あ……あぁッ」

「誰のものだ？　答えなさい」

ぬちゅりぬちゅり、と淫靡な音に身体がどうしようもなく煽られる。知らない自分を見せつけられている感じがして、恥ずかしい。けれども、そうしてきている相手がソリュードだと思うと、それらの全てが悦びに変わり、いっそうの快楽を知らされた。

「あ……ぁ、私……ソリュードの……」

彼の腰の動きがいっそう激しくなって、膨らみ続ける快楽にアーリアは自分を保てそうになかった。

「早く、言え」

ソリュードの声の乱れに、彼女の中でぎりぎり保っていた理性と、心の中で燻っていた恐怖心が弾け飛んでしまった。

アーリアは彼の逞しい身体にしがみつき、声を荒らげた。

「私を……ソリュードのものに、して……っ、愛しているの……」

「――っ」

次の瞬間、身体の上に熱い飛沫を感じた。それが、彼が放ったものだと知ると、アーリアもまた頂点を覚える。初めて感じる絶頂に、アーリアは悲鳴をあげた。

「ああああっ」

自分はソリュードが好きだ。愛しくて堪らないのだとアーリアは改めて感じる。

彼の心が誰のものであっても、どこを向いていても、変えられないのだ。

「わ、私……ちゃんと、ソリュードと、夫婦に……なり、たいの」

哀しくて苦しくて、涙が溢れた。

彼の心は自分のものにはならないと思ってしまうと、余計に息苦しくなって嗚咽が漏れる。そんな彼女を抱きしめながら、ソリュードは耳元でぽつりと囁いた。

「愛している、アーリア……すまなかったね」

身体を離そうとし、謝るのは、彼の愛の言葉が形ばかりのものだからなのだろうか？

絶望を感じても、今はソリュードを離したくないと思えて、アーリアは彼を強く抱きしめた。

「……アーリア?」

そんな彼女の様子を、ソリュードが笑った。

「嫌、なの?」

「今夜は、もう無理そうなんだ。君に酷いことをして、自己嫌悪に陥ってしまっているからね」

「酷い、こと……?」

アーリアがエメラルドグリーンの瞳を彼に向けると、ソリュードは苦笑いをする。

「君の身体を汚してしまったから、綺麗にしなければいけないね」

「え? あ……きゃっ」

次の瞬間、アーリアの身体がふわりと浮いて、そのままバスルームへと連れていかれた。

猫脚のバスタブの中で、アーリアはソリュードの手によって綺麗に洗われる。疲労感や色んなものに苛まれて、彼女は彼に身体を洗われても、羞恥を覚える隙がなかった。

彼が自分を抱かなかったのは、身代わりの花嫁であるからに違いない。抱くつもりではいたものの、途中で気が変わってしまったのだ。

気落ちしている様子のアーリアに、背後から彼女を抱きしめていたソリュードが声をかける。

「酷くして、すまなかったと思っているよ。許してはくれないか？」

アーリア自身は酷いことをされたとは感じていなかったから、許すも許さないもないと思えた。

「……私は、酷いことをされたとは思っていません」

「そう？　だったら、何故、怒っているのだろう。怖がらせてしまったからか？」

怖かったのは事実だが、それは最初だけだし、怒ってなどもいない。

「怒っていません」

「そうか」

ふと、アーリアは背中に感じている彼の体温を意識した。そして、自分を抱きしめている彼の腕も。

「私の方こそ、ごめんなさい」

「何故、君が謝る必要がある？」

「……ソリュードの気が逸れてしまったのは……私のせいだと思うので」

エジュリー夫人からは、痛みに耐えろと教えられていた。けれど、アーリアが耐えなければいけないのは、痛みだけではなかったように思える。

「気が逸れてしまったという類《たぐい》のものではないよ」

「でも、私が最初に怖がってしまったから」

「初めは誰でも、そういうものではないのかな」

「……お姉様も、そうなのかな……」

ぽつり、と独り言を漏らしてしまってから、アーリアははっとさせられた。

日頃から、何かあれば、こんなときは姉のカトリーヌならどうするだろう？　と考えてしまう癖がアーリアにはあった。それは、アーリアがカトリーヌを敬愛しているからではあったけれども。

「ご、ごめんなさい……」

カトリーヌを思い出させていい相手ではないことを、失念してしまっていた。

無論、彼に問いかけたわけではなかったのだが。

「私は、今の君の疑問に対して、答える必要があるのかな？」

「ソリュードに、問いかけたわけではないんです」

「……君はどう思っているのだろう」

「お姉様は私と違うので、問題なく済まされると思います」

「……ふぅん。君は本当に心が清らかなんだね」

「どういう……意味でしょうか？」

彼が言わんとするところが判らなくて顔をあげると、ロイヤルブルーの瞳が意地悪な色で煌めいていた。

「君は、カトリーヌが男性経験はないと思っているの？」

「え？　だって、夫婦の営みだと、エジュリー夫人は仰って……」

ふと、アーリアはカトリーヌの言葉を思い出す。

『彼を狙っていた女性も多かったし、一夜限りの関係でも構わないと思う女性もいたくらいよ』

あのときのアーリアは、一夜限りの関係の意味がよく判らなかったが、それというのは彼女が夫婦の営みだと考えている行為のことなのだろうか。

「夫婦にならなくても、こういったことを、皆、している……ということなのですか」

「まあ、そうだね」

「……そうだったんですね……ごめんなさい。無知で」

「え？　あ、あぁ……いや」

アーリアは、ソリュードの腕の中で俯き小さく溜息をついた。

そうだったのか、自分は屋敷の中で籠もっていることが多かったから何も知らなかった。もしかしたら舞踏会で身体を交わらせる相手を見つけて、この行為に慣れておかなければいけなかったのかもしれない……とアーリアは考えた。

だから、ミル伯爵はあんなふうに自分を見つめてきていたのだろう。

(でも……怖い)

相手がソリュードであるなら恐怖に勝る愛情があったから、この行為にも耐えられる気がしたが、別の人間が相手なら、恐怖心でどうにかなってしまうかもしれない。とはいえ、それはこちらの一方的な考えで、身体を慣らしておかなければいけなかったのなら、今からでもそうしなければならない。

怖いけれど、これ以上ソリュードに迷惑をかけるわけにはいかなかった。

アーリアは覚悟を決めてソリュードを振り返った。

「私……二、三日ほど、モンティエル家に帰らせては貰えないでしょうか」

「何故だ？」

いぶかしげにアーリアを見つめてくるソリュードの瞳に、くじけそうになりながらも彼女は続ける。

「……結婚する前に、済ませておかなければいけないだなんて知らなくて……お母様に相談して、ちゃんと済ませてから、またこちらに戻ってこようと思います」

「何を、言っているんだ」

さきほどまで意地悪そうに輝いていたソリュードの青い瞳が、今度は動揺の色を濃くしている。

「君は私の妻でありながら、別の男に抱かれてくると言っているのか？」

淡々とした口調の中に怒りが見え隠れしていて、アーリアはそんな彼に混乱する。

「でも、本来は、結婚前に済ませておかなければいけないんですよね？」

「そんなことは言っていない」

「……私、もっと勉強をしてきます」

「必要ない」

「でも」

アーリアを抱きしめている彼の腕の力が強くなる。

「君は、今のままでいい」

「私を、愛してくださるおつもりがないからですか?」

「私は君を愛しているんだ」

アーリアは小さく息を吐いて、再び俯いた。

愛していないと言われるよりもいいのかもしれなかったが、真実ではない言葉を告げられても、不安になるだけだった。

彼が気に入らないと思う部分を、全て直せと言われるくらいのほうがよかった。

「……アーリア、君は私の妻で、私のものだ。そういった話の方向性を作ってしまったのは私だが、けれどもう二度と、他の男にその身体を触れさせようとは思わないでくれ。たとえそれを実際の行動にしなくても、心に思うだけで私には許し難いことだ」

「それでいいと、仰って頂けるのなら、私はソリュード以外に触れられたいとは思いません」

「君の全ては私のものだ……」

ソリュードは背後にいるから、アーリアからは彼の表情が判らない。

怒らせてしまったのだろうな。ということだけは判って、アーリアはただうなだれるだけだった。

第二章　命令は甘い誘惑　戸惑う身体

次の日の晩も、アーリアはソリュードの寝室へ向かっていた。

あんなふうに失敗をした後でも、彼が来るなとは言わなかったため、アーリアは忠実に命令を守るしかない。

彼女の目的は、彼の寝室にあるホールクロックのネジを巻くこと。その作業自体は簡単だったが、昨晩の出来事を思い出すと、アーリアの身体が小さく震えてしまう。

今夜も彼は、触れてくるのだろうか？

逆に、呆れられてしまったから、もう触れてこないかもしれない……と考えてしまうと、ソリュードの部屋に辿り着いても、扉を叩けずにいた。

『アーリア、君は私の妻で、私のものだ』

ソリュードと結婚したアーリアは、確かに彼の妻だったけれども――。

彼に思いを寄せる度に、胸が痛んでしまう。

アーリアは深呼吸をしてから、小さく彼の部屋の扉を叩いた。開かれた扉から姿を現したのはソリュードで、彼はアーリアを煌々と明かりのついた部屋の中に招き入れる。

昨晩と同様、室内には誰もいなかった。プライベートな場所だから、人を入れたくないと彼は言うが、従者がいなければ不便なことのほうが多いだろう。

昨日だって、彼がバスルームを使う準備をした。

従者を下がらせ、人払いをしている……とも考えられてしまい、アーリアは哀しくなってしまう。

「今夜は随分と遅かったね」

ロイヤルブルーの蠱惑的な瞳が、アーリアを見下ろした。彼の言葉を聞き、彼女は慌てて謝罪をする。

遅いとソリュードは言うが、二十時は過ぎていない。ただ、昨夜よりもためらいがあったためすんなりと扉が叩けなかっただけだ。

「ごめんなさい……すぐに、時計のネジを巻きます」

ずっと握りしめていたネジが、緊張のあまりアーリアの手から落ちてしまう。

かちゃんと金属の軽い音が立ち、床に転がった時計のネジをソリュードが優雅な仕種で拾い上げた。

王族の血統のせいなのか、ソリュードの動作は気品に満ちている。そして見慣れることのない彼の美貌に、アーリアは息をのむ。

艶やかな黒髪や、白い肌。すっきりと切れ上がった青い瞳は宝石さながらで、誘うように艶めかしい唇は女性的にも思えるのに、精悍さが欠けることがない。

こうして対峙しているだけで、なんだか正体の判らないものがアーリアの奥底から湧き上がり、震えてしまう。

「私は、怒っているわけではないよ……昨夜のことも含めて……ね」

ソリュードはそう言いながら時計のネジをテーブルの上に置き、微笑んだ。

唇の端を僅かに上げるだけの微笑であっても、彼の表情は魅惑的だった。そのまま見続けていると心を丸ごと持っていかれてしまいそうに思えて、アーリアは俯く。

ソリュードは立ち尽くしている彼女の傍に歩み寄り、アーリアをふわりと抱きしめた。

（……あぁ、ソリュードの……香り）

彼の香りを鼻腔に感じて、緊張もしてしまうが安堵もする。自分は今、ソリュードの腕で抱きしめて貰っている。嬉しくて、幸せだ。

刹那的なものだと判っていても、彼女は幸福を噛みしめていた。

「ただ、もう、来てくれないのではないかと思っただけだ。責めたいわけではない」

からかうような、それでいて甘やかすような声色が、彼女の頭の上で柔らかく響く。

「来ないだなんて、そんなことはしません……時計のネジを巻くのは、ソリュードからの命令ですから……」

「命令をしなければ、来てくれないのかな？　君は」

彼の声に熱が籠もれば、アーリアの身体も熱くなる。

ふと、ソリュードのひやりとした指が顎先に触れた。触れられてしまえば、知らず知らずのうちに身体が震えてしまう。

「と、時計のネジを――」

彼の腕から逃れるための言い訳を探してみたが、その言葉はあっけなく、ソリュードの柔らかい唇によって塞がれてしまった。

本気で逃れたかったわけではない、けれど、また昨夜のように失敗をしてしまったら？という不安が彼女の全身を包み込んでいた。

「……ん、ふ」

最初は触れ合うだけのものだったが、アーリアが抵抗をしないでいると、彼は彼女の唇に舌を這わし始める。

「ん……ゃ」

そのくすぐったい感触から逃れようとするが、ソリュードに強く抱きしめられてしまい、離れることは叶わなかった。

「……アーリア、愛しているよ」

彼からの甘美な言葉は胸を震わせ、身体が痺れて身動きを取れなくさせる。

彼が欲しているのが自分ではないと判っているのに、優しい声で囁かれればそうであるように錯覚してしまうから、ソリュードが告げる愛の言葉が真実のものでなくても、アーリアは喜びを感じてしまう。

背中に回されていた腕がほどけ、ソリュードの指が身体を撫で始める。あやすような動きではあるが、目的が別のものであると知ってしまっているから、緊張のあまり身体がこわばってしまった。

「怯えている？　私が怖いか」

彼に恐れを抱いているわけではないから、アーリアは静かに首を左右に振る。そんな彼女の様子を見たソリュードは柔らかく微笑んだ。

「そうか」

アーリアの亜麻色の髪に指を入れ、櫛で梳《と》かすように指先を動かしながら、彼は彼女の髪の感触を楽しむ。

ただ髪に触れられているだけでも、アーリアの心臓は高鳴り、倒れてしまいそうだった。

「君は本当に可愛いね」

唐突にそんなことを言うと、ソリュードは彼女を軽々と抱え上げて奥の部屋へと移動する。移動した先の部屋には天蓋付きの大きなベッドが置いてあり、アーリアはベッドの上に寝かされた。

深緑色の天蓋の幕が下ろされたベッドの上は薄暗かったが、直後にのしかかってきたソリュードの瞳が、欲望に色づいていることには気付けた。

そういった男性の瞳が怖いと思ってしまうが、それを言ってしまえば昨日の二の舞になると考えて、アーリアはぎゅっと目を瞑った。

「今夜は、君を私のものにするよ」

耳元で甘く囁かれれば、彼女の身体が応じるように切なくなる。

（……抱いて貰える……）

緊張でこわばっている淡い色をした唇からは、安堵の溜息が漏れた。

綿モスリンの生地の上から撫でられ、ソリュードの熱を感じただけでも、何故か急かされるような感覚に陥ってしまう。

けれど、やっぱり、彼が本当に求めているのが自分ではないと考えてしまえば、哀しくなってしまうのだ。自分は姉の代わりでしかない。彼が腕に抱き続けたかったのは姉のカトリーヌだけ。

――カトリーヌの男性経験の有無を彼が知っているということは、ソリュードが彼女を抱いたことがあるからだろうと、一晩考えて思いついた。そこから、アーリアの心は雲がかかったように暗くなってしまっていた。

ベッドの上でのことですら、きっと自分はカトリーヌには敵わない。

「……っ、あ……」

心の奥底へと沈み込んでいた感覚が、ソリュードの愛撫によって呼び覚まされる。

気が付けば薄手のモスリンドレスの肩はすっかり落とされ、露《あら》わになっている両方の乳房は彼の手で愛撫されていた。

右側の乳房は彼の舌で、左側の乳房は指で愛撫されていて、乳首を吸われたり、舌先で転がされたりする感触は甘美なものだった。

ちゅっちゅっとリップ音が聞こえてくる。今、彼が唇や舌で愛でている身体はアーリアのもので、カトリーヌではない。ソリュードは嫌ではないのだろうか？　身代わりの花嫁を抱かなければいけない責務が重くはないだろうか？　心配で、不安で涙が溢れそうになった。泣くのを堪えようとすると全身に力が入り、ぶるぶると震えてしまう。

ソリュードはそんな彼女の様子に気が付いて、身体を起こし、眦《まなじり》に口付けた。

「すまない、嫌だろうとは思うが耐えて欲しい」

彼の言葉に驚いてアーリアが目を開けると、溜まっていた涙がぽろりと零れ落ちる。

「嫌じゃありません」

「そうか？」

「私はソリュードに抱かれたい……あなたの子種は私の中で、放って欲しいと思っています」

そんなアーリアの言葉を聞いて、一瞬ソリュードは目を丸くさせたがすぐに艶然とした表情に変わった。

「たくさん出してあげるよ。たっぷりと、溢れるくらい注いであげる」

ソリュードの指がくにくにと彼女の小さな突起を弄っていた。それから彼は長い時間をかけてアーリアの両方の乳房を弄ぶ。舐め回したり吸い上げたり、揉みしだいてみたり、軽く歯を立ててみたり。それがあまりにも長い時間のように感じられたから、アーリアは次第に心配だった事柄から解放されていく。

彼が自分に触れたくないと思っているなら、こんなに長い時間、胸を愛撫しないだろう。深々と甘い吐息を漏らせば、身体が急速に高められていった。

「ソリュード……もう……あまり、しな……いで」

「どうして？　よくないからか」

彼の言葉に首を左右に振る。

ソリュードの生暖かい舌の感触は、堪らなくよいと思えた。けれどそういった甘美な感触に、溺れてしまってはいけないように感じていた。ソリュードが巧みに何かをしてくる度、本来そうされるべき相手は自分ではないとアーリアは考えてしまうからだ。

「……その……もう、抱いてください」

小さな声で告げた彼女の言葉を聞き、ソリュードは微笑んだ。

「君の気持ちは判ったけれど、まだ駄目だよ」

彼はそう言いながらドレスの裾を捲り上げる。露わになった下着の上からゆっくりと秘部を指でまさぐられて、その刺激でアーリアの身体がひくりと小さく跳ねた。

「……っん」

「まだ、受け入れられるようにはなっていないだろう？　あぁ……そうでもないのかな」

ソリュードの指が彼女の敏感な場所を探り当て、花芯と蜜口の間を何度も擦りあげる。

途端に広がる甘美な感触に、アーリアの身体がふるふると震えた。

遮断しようとしていた快楽が再び湧き上がり、身体の奥は火が灯されたように熱くなってしまう。とはいえすでに胸への愛撫だけで彼女の蜜口からは蜜が溢れ出し、下着をぐっしょりと濡らしていた。

「駄目……触らないで……」

むずかるようにして左右に首を振る彼女を見て、ソリュードは薄く笑った。

「君のどんな声も愛らしいと思えるけれど、私を拒否する言葉は頂けないね」

そうではない。そんなつもりはなかった。ソリュードを拒否する気持ちは微塵もない。彼女が遠ざけたいと考えているのは彼自身ではなく、彼から与えられる快楽だった。

「私は……あなたを拒否するつもりは……ないです」

アーリアがソリュードに思いを告げると、彼はどこか満足げに微笑む。そういった彼の表情には香るような色気があり、アーリアはくらりと眩暈《めまい》がした。

「その気持ち、変わらずにいて欲しいものだ」

ロイヤルブルーの瞳が誘惑するように煌めく。

気持ちが変わる筈はない。たとえそれが彼の気まぐれであったとしても、一度でも望まれてしまえば、その言葉は永遠に彼女を捕らえ続ける。見つめれば見つめ返してくるソリュードの美貌には、心が震えて息が出来なくなる。そんな彼に望まれている事実は甘美なものであり、逃れることは不可能だ。

ソリュードはもう一度微笑んでから、アーリアの身体に唇を落とした。

再び触れられた乳首はさきほどよりも敏感になっていて、ぬるついた彼の舌や生暖かい唇の感触に思わず声が出てしまう。

「あ……ぁ……ン」

甘えたような媚びる声には慣れない。

何故、他人に触れられることでこんな声が出てしまうのかも理解出来ず、そしてそれが抑えられないものであるから余計に、アーリアは羞恥を覚え戸惑う。

彼の唇が触れるところはどこもくすぐったくて、背筋がぞくりとさせられる。

「……ん、ふ」

「君の身体は柔らかくて、触り心地がいいね」

アーリアのほっそりした身体の割に膨らみのある胸や、太腿、臀部などに触れながらソリュードが言う。

どんな言葉を返せばいいのか判らずにいる彼女の様子を気にすることなく、彼はアーリアのドロワーズを脱がした。しっとりと濡れている秘部を見られたくなくて、アーリアは慌てて足を閉じる。

「早く抱かれたいのではなかったのか？」

ソリュードは意地悪く瞳を細めながら告げる。確かにその気持ちは本当ではあったが、それと羞恥心とはまた別だとアーリアは思った。

「君の協力がなければ、いつまでもこうしていることになるよ」

彼は優しく諭《さと》すような口調で言いながら、アーリアの膝を折り、左右に開いた。

「……っ」

「あぁ、凄く……美味しそうだね」

ソリュードはそう言うと、たっぷりと蜜を溢れさせている秘部に唇を寄せた。

「……それ……は、駄目……ですっ」

堪えようのない快感に、身体が支配されていく。ソリュードの生ぬるい舌先が、彼女の反応を面白がるようにして花芯を舐め、そして唇でついばむ。そういった刺激に、アーリアの内部は従順に蜜を溢れさせた。

「あ……ぁ、や……ぁ……それ、や……」

彼女の蜜口から滴り落ちた蜜が臀部を伝い、シーツに淫猥な染みが広がる。

「たっぷりと濡れて……君はやはり敏感なんだな」

花芯を舐める動作は止めずに、ソリュードはアーリアの閉じられた秘裂を割るようにして、ゆっくりと内部に指を挿《い》れた。

「え？　あ、指……挿れ……な……あぁっ」

ずるずると入り込んでくるソリュードの指。内側を触れられる感触は未知のもので怖いと感じられた。けれどもアーリアの心とは裏腹に、彼の指を受け入れた内壁が悦ぶようにしてきゅうきゅうと締め付ける。

「……柔らかくて、気持ちよさそうだ……」

甘い溜息と共にソリュードがそんなことを呟く。

「……気持ち、いい……？」

彼はあの長大なものをこの場所に挿れると〝気持ちいい〟と感じるのだろうか？　アーリアが花芯を擦られて愉悦を覚えたように、彼も同じく感じるのだろうか？

「……痛くないか？」

気遣わしげに聞いてくるソリュードの言葉に対し、アーリアは頷いた。

「……痛くない……です」

そうだ、耐えなければいけないのは痛みだった筈。ふいにそのことを思い出し、自分はおかしいのではないかと感じられた。ロイヤルブルーの瞳を見上げ、アーリアは聞いてみる。

「エジュリー夫人は……初夜の心得として、痛みに耐えろと仰ってました……で、でも……指、を挿れられても、不思議な感じがするだけで……痛くないんです。おかしいですよね？」

「……少しもおかしなことではないよ」

「でも、凄く痛いんだって……」

彼の愛撫が丁寧だからだろうか？　時間をかけてくれているから痛みを感じずに済んでいるのだろうか？

「痛くないのなら、そのほうがいいのでは?」

ソリュードの指に内側の壁を擦られると、得も言われぬ甘美な快感が湧き上がり、彼女は自分を保てなくなってしまう。その快楽が禁忌のものだとどれほど己を戒めても、欲望に支配されていく。

「あ……ぁ、駄目……そんなふうに、指、動かさないで……っ」

「痛みを感じていないのなら、私は遠慮しないよ?」

二度、三度と彼の指で擦られれば、アーリアの身体はどうにかなってしまいそうだった。腹の中から湧き上がり全身に広がっていく快楽にぶるぶると身体が震えた。追ってはいけないと思うのに、彼から与えられる快感を貪欲に欲しがってしまう。

自分から求めるようにして彼の指を締め付ける内壁の動きにも、アーリアは激しい羞恥を覚えていた。

眦に浮かんだ羞恥の涙に気が付いたソリュードが、彼女の涙を唇ですくい取る。

「もっと乱れていいよ……もっと甘い声で啼《な》いて」

「……ソリュード……っ」

息を乱しながら夫の名を呼ぶと、彼はアーリアの太腿に硬く勃ち上がった欲望の塊を押しつけてきた。その部分の熱さに彼女の身体がいっそう震えた。

「〝ずっと〟君を抱きたかった。だから、嫌がらずに……もっと従順になりなさい」

彼が言う〝ずっと〟とは昨夜から、という意味だろうか? 本来出すべき場所ではないところで子種を放ったから、ちゃんと夫としての責務を果たしたいから抱きたい、という意味なのか。昨夜のことは自分のほうが悪いのだ。だから彼に責任だとかそういったものは感じて欲しくなかった。

「ソリュード……わ、私は……嫌だとは思っていません」

はっきりと告げると、ソリュードは安堵の息を漏らし、彼女の耳朶に口付けた。

「そう……だったら、もっと君が感じているところを見せて欲しい」

耳朶を甘噛みされてぞくぞくする。そしてソリュードの低い声に促されて、内側の欲望が弾けるのには時間がかからなかった。

「あ……あン……ソリュード……あぁ」

ぬちゅりぬちゅり、と指が往復する淫猥な水音が響き、内壁を何度も擦りあげられてアーリアは嬌声と共に達した。

「……っ、あ……あぁっ……」

シーツの上で背中を反らす。抑制した分、昨晩感じたものよりも大きな絶頂を迎えて、アーリアの額には玉の汗が浮かんだ。

「可愛いね……アーリア」

真っ白いシュミーズドレスは脱がされ、ソリュードも服を脱いで互いに裸になる。

「……ソリュード……」

なんて綺麗な身体なんだろう……アーリアは彼の裸身を見てそう思った。彼の胸や腹についている筋肉を物語るような陰影はとても美しく、自分が持っていないものだから余計に焦がれるような思いが湧いた。

がっしりとした筋肉質な身体ではあるが、細身でもあるから芸術作品のように美しい。僅かに盛り上がった胸やくっきりと浮き上がった鎖骨、締まった腹や腰の細さに溜息が漏れそうになった。男性は皆、こういった身体つきなのだろうか？　それとも彼が特別なのだろうか。それがどちらでも、アーリアは吐息が乱れるほどソリュードの肉体に興奮してしまっていた。

「……挿れてしまえば、余裕がなくなって酷くするかもしれない。すまないが耐えて欲しい」

「だ、大丈夫……です」

「愛しているよ、アーリア」

ひたりと蜜口に彼の肉棒が宛がわれる。ああ、いよいよ彼に抱かれる。あの美しい身体が自分の身体と重なり合うんだ――そんなふうに考えると、興奮してどうにかなってしまいそうだった。心臓はどきどきと早鐘のように打っている。

アーリアの秘部に宛がわれた肉茎は、そのままなんのためらいもない様子で、ずぶずぶと彼女の内部に埋め込まれていく。

大きく膨らんだソリュードの塊が、みっしりと彼女の内部を犯していく感覚と、痛みよりも遥かに上回る快感に声があがった。

「……っ、あぁっ」

「……痛いか？」

気遣うような彼の声に、アーリアは首を横に振る。

いっそ痛みがあればいいのに、彼が入ってくる感覚は堪らなくよかった。

「辛いなら、辛いと言ってくれて構わないよ」

気遣うように、ゆっくりと挿し込む彼ではあったが、そういった動作もアーリアにとってはひどく焦れるもので、気がおかしくなってしまいそうになる。

「い、嫌……」

「あぁ……ン」

早く奥まで挿れて欲しかった。それなのに、ソリュードは身体をひいてしまう。

入ってくる感触もよかったが、抜けていく感触もよかった。逞しく雄々しい彼の塊が内壁を擦る感覚に、全身の力が抜けるほどいいと思ってしまう。

「……ソリュード」

自分の身体はやっぱりおかしいのかもしれない。痛みを伴う行為だとエジュリー夫人から聞いていたのに、痛みなどほんの僅かに過ぎず、少しも彼女の教育通りではなくて、アーリアは哀しみから、エメラルドの瞳に涙を滲ませた。

「アーリア？」

「申し訳……ありません」

泣いてしまってはいけない。そう思うのに、彼女の瞳からは次々と涙が溢れてくる。そんなアーリアの涙を、ソリュードは心配そうな目で見つめていた。

「……少し、待っていなさい」

ソリュードはアーリアに声をかけてから、ベッドを降りてソファに無造作にかけてあったガウンを羽織ると、ベッドルームから出ていった。

こんなふうに泣いてしまったから、失望させたのだろうか。不安に苛まれるとやはり涙が止まらなくなる。けれど、ソリュードはグラスを片手にすぐに戻ってきてくれた。彼の姿を見つけるとすぐにアーリアは起き上がり、涙を拭ってから謝罪する。

「ごめんなさい、ソリュード。泣いたりして……」

「いいよ」

彼は思いの外すんなりとアーリアを許し、微笑んだ。

「飲めば、いくらか楽になるかもしれない」

そう言ってソリュードがアーリアに渡したグラス。その中身はブランデーだった。

ブランデーを飲んでしまえば自分はひどく酔ってしまうかもしれないと危惧しながらも、断ることでこれ以上、この場の空気を悪くしてはいけないとアーリアは考えた。やがて意を決し、グラスに入った少量のブランデーを呷るようにして飲み干した。

「……大丈夫か？」

度数の強いアルコールが喉を通っていく熱さに、アーリアはむせて咳をする。

確かに嘘吐きだ。少しも大丈夫ではない。身体の熱がさきほどより上昇して眩暈がしていた。

からかうような声で言いながら、ソリュードはグラスを彼女の手から取り上げた。

「君は嘘吐きだな」

「だ、大丈夫……です」

「……聞いたところで、どうしようもないのだけれど」
彼はそんな前置きをする。何事かと思いアーリアがソリュードを見上げると、彼は苦々
しい笑みを浮かべた。
「君は……泣いてしまうほど、私に抱かれたくないと思っているのか」
驚くようなソリュードの発言に、アーリアは慌てて首を左右に振った。
「本当のことを言ってもいいよ。どうせここにはふたりだけだ、誰が聞いているわけでも
ない。君が何を言おうとも、他に漏れたりはしない」
「違います。私は……ソリュードに抱かれることを、嫌だなんて思ってないです。だ、だ
って、私たちは、神が認めた夫婦で」
「無理強いされたのに？」
冷ややかな彼の声が、胸に突き刺さる。そうだ。ソリュードは花嫁を王子に奪われたこ
とで、ヴァムドール家から無理強いされて、モンティエル家の末娘である自分と結婚する
羽目になったのだ——。

判ってはいたが、当の本人からはっきりと告げられると辛い。

「そんなこと、言わないで……」

止まりかけていた涙が、アーリアのエメラルドグリーンの瞳から零れ落ちる。

「すまない」

身体があまり丈夫ではなく、ほとんどの時間を自室に閉じこもりきりになっているような娘が、王家の血筋であるヴァムドール家の彼に、相応しくないのは重々承知している。結婚してからも、以前と変わらず自室にこもりきりで、彼の役に立てていないことも知っている。それなのに何故この場で、わざわざ現実を突きつけてくるのだろうか。

「だったら、私は、どうすればよかったのですか？　私が結婚を断れないのはあなたもご存じの筈です」

彼が断りきれない以上、アーリアの立場ならもっと断れないということを察して欲しいと思うのはエゴなのだろうか。

ふっとソリュードを見ると、どうしてか彼はひどく傷ついたように瞳を伏せていた。彼のロイヤルブルーの瞳は、憂いを帯びているように見える。

「……ごめんなさい」

傷つけるつもりはなかったから、アーリアは謝罪する。彼女の謝罪を聞いて、ソリュードはゆっくりと首を左右に振った。

「いや、いい。君が言うのも、もっともだからな」

「ごめんなさい」

辛いのは彼のほうだ。自分のような、どうしようもない娘を押しつけられたのだから。

ブランデーのせいで、くらりと眩暈がした。酔いが回った身体はさきほどよりも熱い。

ソリュードの手がアーリアの背中を優しく撫でるだけで、一度は落ち着いた身体に再び火が灯る。

「……っん」

「アーリア、それでも君は私の妻だ。この先ずっとその事実は変えられないし、変えるつもりもない」

再びベッドの上に寝かされて、ソリュードの身体がアーリアの泥濘に入り込んでくる。

「今度は、やめない」

「……は、い」

彼の感触を内側で感じれば、腹の奥の疼きが強くなってくる。

内壁がソリュードの塊と触れ合う感触に、さきほど以上に悦びを覚えているように思えた。

「あ……あぁ……ン」

「愛している、私の……アーリア」

甘い囁きがアーリアの鼓膜を優しく震わせた後、彼女の身体はソリュードの塊で突き上げられた。

ブランデーのせいなのか、それともやはり自分の身体がおかしいのか、アーリアは破瓜《はか》の痛みを感じることなく、男性の身体を最奥まで受け入れる。

「あ……ぁ、駄目……」

身体の奥にソリュードを感じ、たちまち湧き上がる快感に、アーリアは甘い声を出す。

「駄目はなしだ。言ってはいけない」

腰をぴったりと合わせながらソリュードに言われ、アーリアは頷いた。

「……ごめん、なさい」

「謝るのは、私のほうだと思うけれどね」

青い瞳が蠱惑的に輝き、彼女を見つめる。宝石のごとく美しい輝きを見せる彼の瞳。その瞳で見つめられると、否応なしに胸が高鳴ってしまう。

「動くよ」

最奥にあった彼の塊が、ゆっくりと抜けていく。男性の部分が彼女の襞を擦っていく感覚に、アーリアは息を乱した。

「ん……ふ……、ぅ」

抜いては戻すという緩慢な動きを、ソリュードは何度も繰り返した。その動きの中で生まれる快感を、やがて、もっと感じたいと思うようになり、彼を包み込んでいる濡襞がきゅうきゅうと収縮してしまう。

「……あぁ……アーリア……」

ソリュードは眉根を寄せて、端整な顔立ちを僅かに歪ませる。そんな彼の表情にも、アーリアはひどく感じてしまった。

「ふ……、あ……あぁ……ん……あぁ」

腰が甘く痺れて、背筋がぞくぞくする。彼が最奥を突き上げる度に、指や舌で愛撫されていたときのように、どんどん快感が大きくなっていくとアーリアは感じていた。

「我慢出来そうか？　もう少し……動きたい」

「は、い……」

彼女の返事を聞いたソリュードは、抽挿の速度を速めた。ぬちゅぬちゅとした淫猥な水音が、ふたりを繋ぐ部分から聞こえてくる。

「……っ、ン……う……」

「……あぁ……アーリア……凄くいいよ……君の中は、温かくて気持ちがいい」

ソリュードの吐息の乱れに、アーリアはいっそうの腰の痺れを感じた。

彼が自分を抱くことに対して、苦痛を覚えていないと思うと、心の中も身体と同様に熱くなる。

「……私、も……」

ソリュードの身体は温かくて、もっと触れていたい。抱きしめられていたいと考えてしまう。男性の腕の中は、こうも居心地のよいものなのかと感じてしまうほど、ソリュードと肌を合わせることに彼女の身体は悦びを覚えていた。

「もっと……ン……抱きしめられたい……です」

アーリアのその言葉に、ソリュードは微笑みで応えた。

「可愛いね……君は」

強く抱きしめられることによって満たされた心は、歓喜に震えた。

「ソリュード……私……ずっと……こうして……いたい」

溢れる感情そのままに、アーリアは喘ぎと共に言葉を吐き出した。彼の匂いや体温に、ずっと包まれていたい。溢れてくる幸福感に、彼女は溺れた。

「……アーリア、私もだよ」

ソリュードに身体を揺さぶられながら、アーリアは彼を見上げた。すると彼も見つめてくる。ただそれだけのことに、宝物でも見つけたような気持ちにさせられて、彼女はソリュードの逞しい身体を強く抱きしめ返した。

「ん……、あぁ……ソリュード……っ」

「……一度、出すよ……」

打ち付けられる彼の男性器に最奥を何度も刺激され、溢れんばかりの快感にアーリアは震えた。

「あ……あぁ……ゃ……あっ」

「愛している、アーリア」

囁かれるのと同時に、体内に熱い飛沫が撒き散らかされる。ソリュードの吐精とほぼ同時に、アーリアも達した。

「――……っ、ン、く、ふ」

彼の肩に唇を寄せ、甘えた声で叫びそうになるのを必死で堪えた。あまりにも強い衝撃に、アーリアはふっと意識を手放しそうになる。

「アーリア、いけないよ」

「ん……え?」
二、三度身体を揺さぶられて、アーリアは意識の底に落ちそうになっていたところから覚醒させられる。
瞳を開けて彼を見ると、ソリュードはさきほどよりもいっそう艶めいた表情でアーリアを見つめていた。

「ブランデーを飲ませてしまったのは私だけれど、まだ眠ってはいけない」

睡魔とはまた違う何かのように思えていたが、彼女を襲ったものが何かアーリア自身が判らなかったため、謝罪をする。

「ごめんなさい……」

「謝らなくてもいい、ただ、私が夢中になってしまっているだけだ」

ソリュードはそう言うと、アーリアの手を取り、指の節を甘噛みした。

「……っ、ん」

夢中になる、というのはどういうことだろう? と彼女は朦朧とした意識の中で考えた。

ソリュードは、とりあえずは自分の身体を気に入った……ということなのだろうかと、アーリアは思った。

「……ソリュード、私も……です」

彼と抱きしめ合うことを喜びと感じている。それを伝えたくてアーリアはぽつりと呟いた。

「君も……何？」

「え？」

「何を、どう思ってくれているの」

ロイヤルブルーの彼の瞳に滲み出る甘さはそのままに、意地悪な輝きが宿る。

「……わ、私も……その」

何故か羞恥を覚えて、アーリアは耳まで熱くなってしまった。そんな彼女の様子を見て、ソリュードの瞳は益々意地悪そうな輝きを増していく。

「気に入ったの？　男性としての、私を」

「え？　あ……は、い」

彼の男性器が萎えることなく体内で留まっているせいなのか、アーリアの背筋がぞくりとする。

「そう。……ねぇ、アーリア。もしかして君は、さきほど私に突き上げられながら、達した？」

ソリュードがどういうつもりでそんな淫猥なことを聞いてきているのかが判らなくて、アーリアの心には怯えの感情が湧いた。

「ご、ごめんなさい……」

彼女が謝罪すると、ソリュードはアーリアの耳朶に舌を這わし始める。

「……んっ」

「謝らなくていい……そんなことよりも、君がどうなったのかが知りたいんだよ」

甘やかせるような声はそのままに、ソリュードの表情が一変したように見えた。怒っているとは思えなかったが、責め立てられていると思えたし、彼もそうしてやろうと考えているように感じられる。

「あ……あの……」

「達した？　私の身体で」

淫靡な空気が満ちてきているように思えた。普段から、魅力に溢れる彼ではあったが、今は危険な香りがするほど蠱惑的だった。

「……は、い」

アーリアの返事に、彼は微笑む。

「そう、だったら、もっと、ちゃんと啼いて」

「え――」

唐突にソリュードは抽挿を再開させた。予期せぬ快楽に、アーリアはたちまち溺れそうになってしまう。

「あ……あぁ……やぁ……ソリュードっ」

「痛みを感じてないなら、もっと声を出して。少しも堪えるな」

大袈裟に抜き差しをされて、ぞっとした痺れにアーリアは身もだえる。

「あぁ……や、ぁ……あ」

行為そのものはさきほどとそうは変わらないのに、何故か大きく変わってしまったように思えた。容赦なくソリュードが腰を使うせいで、燻っている部分が情欲に濡れた。腰を激しく打ち込まれる動きに、ベッドが軋む。けれど、乱暴にされてもアーリアの内部は痛みどころかよりいっそうの快感に蜜を溢れさせた。

「あ……あぁ……あ、ン……ああ……」

艶めいた吐息がアーリアの唇から漏れるのを、ソリュードは薄く笑みながら見つめていた。

「いいね……可愛いよ、アーリア。もっといい声を聞かせて」

本当に彼は容赦なく突き上げてくる。ずくんずくんと奥まで突かれてその感じがアーリアには堪らなくよかった。

もっと彼を深い場所で知りたくて、足を大きく広げた。奥深い場所の限界まで彼に突いて欲しかった。何度か足を動かした後、伸ばしきったほうが快感が強まることを知ってしまう。きゅうっと自分の内部が彼を締め付けると、甘い愉悦を大きく感じられた。

「……あぁ……アーリア、それ、凄くいいよ……もっと、私を締め付けて」

「や……判らない……」

シーツの海で溺れるように、アーリアはもがき、つま先までピンと伸ばす。

「そうやって足を伸ばしたほうが、感じるの？」

彼女の様子を見ていたソリュードがそんなことを言う。

何故、急に人が変わったかのように意地悪なことばかりを聞いてくるのだろう。アーリアが彼を見上げると、熱を帯びた瞳で、じっと見つめ返してくる。

「……あ……あぁ……」

焦がれるような感情が、胸を締め付けてくる。呼吸が苦しくなったが、辛いとは思えず、身体が痺れた。

「アーリア、舌を出して」

律動はやめないままに、ソリュードは彼女に命じた。アーリアが言われた通りに舌を出すと、彼の舌が触れてくる。

「ん……」

舌を絡め合わせていると、ソリュードの唾液を感じる。それを彼女は媚薬のようだと思ってしまう。実際に媚薬を飲んだことはなかったけれど、アーリアがそうだと考えてしまうくらい、舌から伝ってくる唾液は興奮材料になっていた。

「ああ……ン、ソリュード……」

「君は、口付けが上手いね、舌の動きも……淫らで凄くいいよ」

からかうようなソリュードの口調に、アーリアは首を左右に振った。

「褒めているんだよ？」

彼はまた笑った。

「可愛いアーリア、もっと啼いて……」

ソリュードは繋がったまま、弧を描くようにして腰を使った。新たな快感に、アーリアは思わず悲鳴のような声を出してしまった。

「あああああっ」

「……こういうのがいいの？　掻き混ぜられたら、気持ちいいのかな」

臀部まで伝うようにして滴った血液混じりの蜜が、シーツに染みを作る。彼が抜き挿しをしたり、内部を隈無く擦ったりする動作に、泡立ったような音が聞こえ始めた。

ぐちゅぐちゅと響き渡る淫猥な水音には、耳を塞ぎたくなるほどの羞恥を覚える。

「あ……ぁ、ソリュード……嫌……恥ずかしいの」

「感じすぎてしまって、恥ずかしいという意味か？」

彼の美声が、歌うように淫靡な台詞を告げてくる。

くらりと眩暈がした。

ソリュードが自分の言うことを聞き入れてはくれない哀しさよりも、どうしてか、心が悦んでしまっているように感じる。美しい顔を持つ彼が、少しだけ酷いことを言ってくる

──それがどうして甘い快楽へと繋がっていくのかが、アーリアには理解出来なかった。けれども、アーリアは羞恥の涙を浮かべながら、彼の問いに対して小さく頷いてしまうのだった。

「いいね……もっと感じて。本当に君は想像していた以上に、私を夢中にさせてくれる」

「ん……っ、あああああっ」

ソリュードは彼女の膝を折り、感じてどうしようもない部分を集中的に擦りあげてくる。そんなふうにされては堪らない。アーリアは強くシーツを握りしめた。

「やぁああ……そこ、駄目……なの……おかしくなっちゃ……」

「ああ……凄い……アーリア、いいよ……凄くいい」

「ソリュード……、私……また」

お腹の中で溜まり続けてきたものが、溢れ出そうとしている。それが絶頂だと知っていたから、アーリアは甘美な快楽が欲しかった。

「イクのか……いいよ、イかせてあげる……ただし、ちゃんとイクと言いなさい」

ソリュードは折り曲げていた彼女の膝から手を離し、身体を起こすと、興奮で膨らんだ花芯を指で擦り始める。

「や……あぁあああっ」

びくんっとアーリアの身体が跳ねる。

内側だけで感じていた快感が、花芯に触れられることによっていっそう膨らむ。強すぎる快楽に、アーリアの身体はあっけなく頂点を知らされた。

「あ……あああああああっ！」

激しい衝撃に、アーリアは意識を手放してしまった——。

第四章　身代わりの痛み　引換の快楽

翌朝、目が覚めるとソリュードがベッドにいなかった。

自分は一晩、彼の寝室で過ごしてしまったのだ……と、気を失って眠ってしまっていたことに気付かされる。そして、アーリアはゆっくりと身体を起こし、寝間着姿でいることにも気付く。ソリュードが着せてくれたのだろうか？　まったく覚えていなかった。

ふと、サイドテーブルを見ると、何かが書かれている白い紙が置いてある。アーリアはベッドから降りて、それを手に取った。

『愛しいアーリアへ。ロワール宮殿に行ってくる。疲れているだろうから、今日はゆっくりと休んでおきなさい』

ソリュードのサインが入ったメッセージを読み終えて、彼女は溜息を漏らした。

そういえば、ソリュードと手紙のやりとりをしたことがなく、彼の字をじっくりと見るのはこれが初めてだった。

結婚前。忙しくてモンティエル家の屋敷まで来られなかった――というのは理解出来たが、手紙も書けないほど、彼は忙しかったのだろうか？　とはいえ、アーリアもソリュードに手紙を書くことがなかったから、彼を責めることは出来ない。

再び彼からのメッセージを読み、溜息を吐く。ロワール宮殿内には、妃教育のために部屋を与えられているカトリーヌもいる……。複雑な感情を抱いたまま、アーリアは自分の部屋に戻った。

「奥様、朝食になさいますか？」

クレールがにこやかに迎え入れてくれる。そんな彼女の笑顔は、今は救いになった。

「ありがとうクレール。先にバスルームを使いたいの」

「かしこまりました。準備をしますね」

アーリアは寝室に入り、ベッドの横にあるサイドテーブルに歩み寄った。

サイドテーブルの上には、シルバープレートに薔薇のレリーフが美しい宝石箱が置いてある。蓋を開ければ、そこには小鳥のカメオが入っていた。

彼女はその中に、ソリュードからの伝言メモを小さく折りたたんで入れた。

赤いベルベットの上に置かれた、二つの彼からの贈り物。高価なものだからという理由で、大事にしすぎて使えなかったカメオのブローチは、今はただ過ぎ去った時間を懐かしむためだけに見ている。

結婚してから、たくさんのドレスや宝石を贈られているけれど、アーリアにとってこのブローチは別格だった。〝妻にしたから贈らなければいけないもの〟とは違い、カメオを贈った理由が義理であっても義務ではない。

アーリアは小さく息を吐いた。彼女の心は、彼に抱かれても、愛の言葉を囁かれても、孤独を深めていくばかりだった。ソリュードに愛されたいと僅かでも思ってしまえば、深い哀しみに襲われる。自分勝手な打算で、ソリュードとの結婚を断れなかった負い目が、アーリアにそんな感情を抱かせていた。

ミル伯爵と結婚させられるくらいなら、ソリュードの方がいい――そんな打算的な感情で彼と結婚したのに、今更愛されたいなんて、虫の良すぎる話だ。

(ソリュードなら、もっと良縁があった筈なのに)

アーリアは宝石箱の蓋を閉じ、薔薇のレリーフをそっと撫でた。

「奥様、お風呂の準備が出来ました」

クレールの呼びかけに、アーリアは「ありがとう」と返事をしてから宝石箱をサイドテーブルに戻した。


――その夜。

昨晩と同様に、アーリアはソリュードの寝室に向かう準備をしていた。

すみれ色の豪奢なドレスから、白モスリンのシュミーズドレスへと着替える。クレールが紗の帯を結んでいる最中に、突如として扉が開き、アーリアは驚いた。

姿を現したのは他でもない、ソリュードだった。

深紅のフロックコートに金糸で刺繍がなされている豪華な装いを見ると、彼は今、ロワール宮殿から帰ってきたところなのだろうか？

「だ、旦那様、奥様はまだ、お召し替えの最中で……」

クレールのそんな言葉を聞いているのかどうなのかよく判らない様子で、ソリュードはアーリアの正面に歩み寄ってきた。

「手紙を見せなさい」

端的に告げられて、アーリアは首を傾げた。

「手紙、ですか？」

何のことか判らずに彼に聞き返すと、ソリュードは青い瞳に怒りの炎を宿してアーリアを見下ろした。

「ああそうだ。君は誰かから手紙を受け取っているだろう？」

「受け取っていません」

「君が、大切そうにその手紙を隠したことは知っている」

「……隠した？」

隠した手紙というのはソリュードのメモのことだろうか？　それとも別の何かだろうか？

「仰る意味が、判りかねます」

「私を騙すのか?」

「だ、騙したりしません。第一、私のような者に、手紙を書いてくださるような方はいらっしゃいません」

「そんなことはない」

「現に、ソリュードも書いてはくださらなかったじゃないですか」

責めるつもりで言ったわけではない。婚約者になってしまった彼でさえ書かないくらいなのだから、他の誰が自分宛てにわざわざ手紙を書くような真似をするだろうか、ということを伝えたかっただけなのに、ソリュードは青い瞳を伏せた。

「……それは、すまなかったと思っている。忙しいとか、書きたくないとか……そんな理由では……なかったのだけれど」

忙しいから書いてくれなかったのだとばかり思っていたから、彼の言葉には驚かされた。そして書きたくなかったわけではないという言葉が続いてしまったことでアーリアは混乱させられた。

「ペンを手に取り、君に手紙を書こうとすると……いや、今はそんな話はどうでもいい。君が男から手紙を受け取った事実は変えられない。そのように報告を受けている」

「……報告、ですか?」

アーリアはちらりと部屋の隅にたたずんでいるメイドの姿を見た。そして疑惑が確信へと変わる。やはり、自分は監視されていたのだと――。

「……あれは手紙ではなく……今朝の……その、あなたからのメモを仕舞っただけです」

「私からのメモ？」

「そうです」

「何故、あんなものをわざわざ仕舞っておく必要があるんだ？」

「……それは」

彼から貰ったものだったから、捨てずに置いておきたかった。

あれがただの前置きであっても『愛しいアーリア』と書かれていれば、彼女にとっては大切な品へと変わる。けれど、そのことをソリュードには言えなかった。気持ちを知られるのが恥ずかしい、というのもあったが、何より彼が自分を信用してくれていなかったから、そのことを告げても信じてくれないような気がした。それに、中に色んなものが入っているのならまだしも、宝石箱の中には、そのメモと彼から貰ったカメオのブローチしか入っていない。それだけしか入っていない理由も、彼には聞かれたくなかった。

「男から貰ったものではないと言い切れるのであれば、それを見せては貰えないだろうか」

硬く口を閉ざしているアーリアを見て、手紙が誰かからのものではないと判ったからか、怒りの色が薄くなったソリュードがそんなふうに声をかけた。

「旦那様、私、手紙の入っている場所を知っております」

ふいに、ソリュードの傍に居たメイドが声高に告げる。

普段からアーリアの部屋にいて、何も語らずに淡々と仕事をこなしているメイドのひとりだった。彼女が、ソリュードに告げ口をした張本人だろう。

「黙りなさい。私は、今、アーリアに聞いているんだ」

手紙が入っていると言うメイドを叱責し、ソリュードはアーリアが自ら進んで見せてくれることを望む。

「……判りました、お見せします。でも、箱の中身については、何も聞かないでください」

「判った。仕方がない、中身のことは聞かないでおこう」

アーリアは身の潔白を証明するために、さきほどのメイドに〝手紙〟が入っている宝石箱を持ってこさせる。

ソリュードの目の前で宝石箱を開けて、アーリアはメモを渡した。そのメモの内容を確認した彼は、安堵したように微笑む。

「何かを命じているわけではないのだから、こんなメモをわざわざ取っておかなくてもよかったのに」

「……すみません」

「それに、この鳥のカメオ。大事にしてくれていたんだね、嬉しいよ。もう君の手元にはないのかと思っていた」

優しい声に戻った彼に、アーリアは顔をあげた。目が合うと、ソリュードはふっと笑う。

「君が身につけているところを見たことがなかったから、気に入らなかったのかと思っていたよ」

「私はこれを頂いたときから、心を奪われるくらい気に入っております」

「そうか……どうやら私は色々と早合点をしてしまっていたようだ……すまなかったね、アーリア」

アーリアは首を左右に振った。

「ソリュードが私を信用してくれないのは、私がそういう人間だからだと思うので」

「そうではないよ」

ソリュードは手を伸ばし、彼女の手を取ると、そのまま自分の寝室へと向かった。

——ホールクロックのある、あの部屋に。

幸い、彼女のドレスのポケットにはすでにネジが入っており、アーリアの部屋に置きざりにはなっていなかった。いささか強引に連れてこられて、アーリアは僅かに不安を覚えたが、部屋に入って彼に優しく抱きしめられると、小さな不安は消え失せてしまう。

「……君を疑ったりして、すまなかった」

「いいえ」

「私は、君が愛しくて堪らないんだ。だから、こんなふうに君を縛り付けてしまっている」

「ありがとうございます……」

彼の言葉は嬉しい。じわじわと胸に広がっていく感情は温かいものだった。

「私も……ソリュードが好きです」

ソリュードに思いを告げると、切なくなって涙が溢れてしまう。

「どうして泣く？　泣くほど言いたくないことなら、言わなくてもいいんだよ」

背中に回されていた彼の手が、アーリアの頭をあやすように撫でる。そんな優しい仕種に心が解《ほぐ》されていくようで、余計に涙が溢れた。

「違うんです……私は本当に」

アーリアも腕を伸ばし、ソリュードの逞しい身体を抱きしめる。温かい彼の体温を感じてしまえば、どうにもならない感情が湧く。

ソリュードが好きだから、彼から貰ったものは紙切れ一枚であっても大事に取っておきたいと思うのだ。

「すまなかったね、アーリア」

信じて欲しかった。けれど、彼に疑いを持たせてしまうのは、自分がそういう人間だから仕方がない――この結婚が純粋なものではなく、ミル伯爵から逃れるためのものであったから胸が痛んだ。

ソリュードのことを思えば、断らなければいけない結婚だったのに、と何度も何度も思わされる。

「……ごめん、なさい……ソリュード」

「どうして君も、謝る？」

「私なんかと、結婚させてしまったことが、申し訳なくて……どうしようもないのです」

「そんなことは、考えなくてもいい」

「でも」

カトリーヌが相手なら、彼はこんなふうにはならなかっただろう。全幅の信頼を寄せ合うふたりなら、疑心暗鬼になったりはしない。アーリアにはそう感じられた。

「私は、君と結婚をしたかったんだよ」

「……ありがとうございます」

彼の唇は、優しく嘘を吐く。けれど、嘘だと判っていても嬉しくて、今はソリュードの優しさに縋りたい気持ちだった。

「今日、ロワール宮殿にリシャールが呼び寄せた商人が来てね」

「え？　あ、商人ですか」

突然、話が変わり、驚いて彼を見上げると、ソリュードはにっこりと微笑んだ。

「君に似合いそうなショールを持ってきていたから、購入したのだけれど、見て貰えるだろうか」

「はい……勿論です」

ソリュードはエスコートするようにして、アーリアをソファに座らせる。

ソファの目の前にあるマホガニーのテーブルには、長方形の白い箱が置かれていて、彼は箱の蓋を手早く開けると、中に入っている白いレースのショールを取りだした。

「素敵……」

彼からレースのショールを受け取り、白い糸で編み込まれた薔薇模様の繊細さに、アーリアは溜息を漏らした。

「気に入って貰えたかな」

「はい、ありがとうございます……私には勿体ないくらい」

彼女のそんな言葉を聞いて、ソリュードは笑った。

「使って貰いたくてプレゼントをしているのだから、仕舞い込んだりしないように」

長方形のショールを彼女の肩にかけ、ソリュードは満足そうに微笑む。

「思った通り、よく似合うね」

彼の賛辞に恥ずかしくなって俯くと、額にキスをされる。

「このショールを留めるのに、カメオのブローチが役に立つのではないかな」

「でも……使うのは、落として無くしでもしないかと、気が気でないです」

「無くしたくないほど、あれは君のお気に入りなんだね。なんだか妬けるよ」

「妬ける？」

いったい、何故そんなことを考えてしまうのか理解出来ずに再びソリュードを見上げると、彼の唇がアーリアの唇に触れる。

「君は本当に可愛いね。そうだ、今夜は一緒に風呂に入ろう」

「私と、ソリュードが……ですか？」

「そうだよ。名案だと思わないか」

何が名案なのかも判らない。

「で、でも、私……お風呂の用意なんて、したことがなくて」

ソリュードの寝室には、従者が誰一人としていない。それは今、このときも同様だった。

「風呂の準備は出来ているし、そんなことを君にさせようだなんて考えてはいないよ」

オレンジ色の紗の帯をソリュードの手によって素早く解かれ、アーリアは羞恥に頬を赤らめさせた。

「あ、あの、でも……時間が」

「ん？　何の、時間？」

ソリュードに短い口付けを繰り返されながら、アーリアの白い肌は剝き出しにされる。

「もうすぐ二十時ですので、時計のネジを巻かなくては……」

「そんなもの、後でもいいよ」

深紅のフロックコートを脱ぎ捨て、彼もまた、肌を露出させた。

バスルームを使うのであれば、裸になるのは当然だと判っていても、アーリアの心拍数はどんどん上がっていく。

ソリュードの鍛えられた逞しい裸体を目にして、思わず目を逸らしてしまう。

「でも、やはり、一緒にお風呂だなんて……」

この前も一緒に入ることにはなったけれども、あのときとは違い、今は羞恥心が勝ってしまい、アーリアはぐずぐずと抵抗をする。

「時間が惜しい。少しでも長く、私は君と一緒に過ごしたいんだよ」

彼の手によって全裸にされた身体がふわりと浮いて、アーリアはソリュードに抱え上げられ、バスルームに連れていかれる。

白い猫脚のバスタブには、すでにミルク色のお湯がはられていて、丁度いい温度の湯に、アーリアの身体は背後からソリュードに抱きかかえられる形で沈められた。

「ねぇ、アーリア。今日は一日、何を考えて過ごしていた？」

唐突とも思えるソリュードの言葉に、アーリアはどう答えていいのか判らなかった。

「私は、可愛らしい妻のことばかり考えていたよ」

そんな甘い言葉の後に、背後からソリュードに抱きすくめられて、アーリアは顔を赤らめる。

「君は私のことを、考えてはくれなかったのか？」

「わ、私……も」

愛しい人を思い、胸を痛める切なさに耐えながら、今日一日を過ごしていた。けれど、そんなことは当の本人には言えそうにはなかった。それでも彼は、アーリアが同意したというだけでも満足な様子だった。

「嬉しいね。愛しているよ、アーリア」

「愛して……ます」

「可愛い……好きだよ」

次の瞬間、アーリアの小さな身体がひくりと跳ねる。ソリュードが彼女の臀部を撫でたせいだ。

「あ、あの……だ、めです」

「触れさせて貰えないのか？　私は君の夫なのに」

「こんなところでは……駄目です」

「場所は何処でも、することは同じだろう？」

やがて彼の指は、アーリアの内太腿の柔らかい皮膚を楽しむようにして動き始める。くすぐったいようなそうでないような感触に、アーリアは身体を震わせる。

「昨日の夜のことを思い出して。君だって、気持ちよくなりたいだろう」

羞恥心を煽るような言い方をされて、恥ずかしさでいっぱいになる。優しい声色の中には、意地悪さも僅かながらに含まれている感じがして、アーリアの背中にぞくぞくとしたものが通っていった。

彼に教え込まれた絶頂。甘美な快楽は、思い出すだけで、彼女の身体を濡らしていく。

「……う……ン」

ソリュードの指が蜜を溢れさせている場所に触れると、腰のあたりが痺れていき、身体の力が抜けていってしまう。

「もっと、声を出して」

甘い声色が耳をくすぐる。そんな彼の声だけでも、アーリアの身体は溶けてしまいそうだった。

「あ……や、ぁ」

「もっとだよ」

ソリュードは甘く囁きながら巧みに指を動かし、アーリアが声を出さずにはいられなくなるような場所を刺激してきた。

彼の指が花芯をくすぐる動きは、堪らなくいい。腹の中が熱くなり、やがてその熱が全身に回って、快楽の虜になっていく。

「……ソリュード……」

溺れてはいけない快楽なのだと自分を戒め、与えられ続ける快感からアーリアは逃れようとする。

「や……」

「もっと激しくしてくれないと、嫌だ……ということなのかな」

ソリュードの指が秘裂を割り、奥へと入り込んでくる。

「あ……あぁっ」

花芯と同時に濡襞を指で擦りあげられ、アーリアの腰がぞくぞくっと震えた。

「アーリアのここに挿れたい……いいだろう?」

ぬるぬると身体の中で彼の指が這い回っている感じがする。

ソリュードの指が滑らかに動くのは自分が溢れさせる蜜のせいだ、と考えてしまうと、

羞恥によって耳まで熱くさせられた。

「あ……ぁ……ん……ソリュード」

ねだるような甘えた声が出てしまう。それが恥ずかしいと思うのに、抑えきれなかった。

「……アーリア、愛しているよ……」

ふいに湯の中で臀部を持ち上げられる。身体が浮いたと感じた次の瞬間、彼の熱くそそり立った肉棒の硬さを秘部に感じた。

「え、あ……っ、ソリュード、待って」

「待てないよ」

「──ぃ、あぁっ！」

秘部に宛がわれていたソリュードの塊は、そのまま濡れた内側へと入り込み、遠慮のない様子でアーリアの身体を貫いた。

「……あぁ、凄くいい……アーリア、気持ちいいよ」

それはアーリアも同じだった。

みっしりと限界まで広げられた内壁にソリュードの熱を感じて、ただ彼が入っているというだけの状態でも、彼女の身体はどうにかなってしまいそうだった。最奥に彼の熱い塊を感じて、呼吸が乱れる。

「あ……ぁ」

アーリアが息を乱せば、内側にある塊がよりいっそう大きさと硬さを増した。ソリュードの硬さを感じると、自分の内部が彼の形に変えられていることがはっきりと判る。

(……ソリュードが、入っている)

アーリアは甘い吐息を漏らす。

場所がバスルームではあるものの、ソリュードと肉体同士が繋がり合う感覚は、全身が痺れるほどよかったし、嬉しいと思う。そんな自分の変化を感じ取ると、途端に彼への想いが溢れ出してくる。

ソリュードが好きだ。彼が姉のカトリーヌを愛していても、自分の気持ちはどうにも変えられそうにはない。そしてアーリアのこういった感情は、もしかしたら、結婚前から抱いていたものなのかもしれなかった。

美しいソリュードが、姉に会いに来た合間をぬって自分の部屋を訪れてくることを、心の奥底では楽しみにしていた――？

それで自分が彼を長く部屋に引き留めてしまったから、同行してきたリシャール王子とカトリーヌとの時間を作ってしまい、その結果こういうことになってしまった。と、気が付いてしまうと心が痛んで堪らなくなる。

(私が……いけなかったんだわ)

アーリアは涙を零す。自分の愚かさゆえに、ソリュードを不幸にしている。結局のところ、彼を想う権利どころか資格もないのだから、愛しいと思うだけでそれは罪深いもののように感じられた。

「ん……アーリア」

ソリュードが腰を動かし、内部を刺激してくる。湧き上がる快感に堪えきれず、アーリアは声が出てしまう。

「あ……ぁっ」

「いい声。もっと啼いて……余計なことは考えられなくしてあげる」

アーリアの涙に気が付いているのか、ソリュードがそんなふうに告げてきた。

彼は指を伸ばし、花芯に触れる。興奮に膨らんだそこはそっと撫でられただけでも、大きな快感が湧く。

「い、や……駄目……そこ、触らないで……」

ソリュードの指の腹が花芯を強く押し、ぐにぐにと回す。あまりに強い刺激にアーリアは全身を震わせる。

「――っ、あ、あぁ」

花芯に強い快感を与えられると、内部も同調するようにして快感を湧かせる。

濡襞に触れている硬い男性器の感触にも、甘い声が出てしまう。

彼を欲しがってはいけない。それは彼から与えられる快楽も同じだとアーリアには思えた。とはいえ、気持ちとは裏腹にアーリアの身体はいっそう彼を欲しがってしまう。

濡襞が更なる甘い快楽を欲して、ソリュードの男性器を締め付けた。

「……っ、ふ」

彼女が締め付けることによって、ソリュードの息が乱れる。

「君も、欲しいの？」

甘い囁きに、言葉が出るよりも先に身体が反応を示す。恥ずかしいくらいに、きゅうきゅうと彼女の内部が彼を締め付けていた。

「……だったら、きちんと、言葉で欲しがりなさい」

「……わ、私……」

こんなふうに後ろ向きで男性の身体の上に乗せられているだけでも、激しい羞恥を覚えるのに、彼は今以上の羞恥を煽ってきていた。

「嫌、言えない」

イヤイヤと何度も首を振るが、ソリュードは許してくれない。

「ちゃんと言えないのなら、抜いてしまおうか？」

ゆっくりと彼の肉棒が、アーリアの柔肉から抜けていく。

「……ソリュード……っ」

抜けてしまう、と彼女が感じたその瞬間、再び勢いよく突き上げられた。

「……っんんんぅ」

「……欲しいんだろ？　抜かれたくないって、君の中が私を締め付けてきている」

耳朶を甘噛みしながらソリュードに告げられる。暴かれる真実にアーリアは羞恥の涙を溢れさせた。

彼が言う通り、ソリュードの身体が欲しかった。抜かれたくなかったし、もっと突いて欲しいとも考えていた。アーリアがそう考えてしまうほど、腹の奥からは甘美な快感が湧き上がっている。

「違う……の」

ささやかな抵抗をしてみても、無駄だった。

身体を起こされて、バスタブのへりに両手をつかされると、ソリュードに激しく後ろから突き上げられた。

「ああああああっ！」

ぱしゃぱしゃと湯が跳ねる。

最奥を硬いもので突かれると感じすぎて堪らない。湧き上がる快楽を追うように、思わず腰が揺れてしまった。

「……やらしいね、そんなふうに腰を振るんだ？」

面白がるような彼の声に涙が溢れてしまう。心と身体がばらばらになってしまった感じがした。

思いを寄せる男性に揶揄《やゆ》されて哀しいのに、快感を追い求めることがやめられない。自ら腰を振れば振るほど快感が深まっていて――。

「君がこんなふうに男を欲しがるなんて、想像もしてなかったよ」

「……ち、がうの」

「違わない、君は今、私に抱かれて感じているのだろう?」

アーリアが首を振ると、いっそう激しく突き上げられる。

「嘘はいけないよ、抱かれて感じている、ちゃんとそう言いなさい」

「嫌……っ」

首を振りながらも、アーリアは細い腰を彼の身体に押しつけた。湧き上がる快感に、身体がぶるぶると震えてしまう。

「……アーリア」

彼の声に責めるような色がつくと、エメラルドの瞳から溢れていた涙の量が増す。

「嫌、なの……」

知らない自分が潜んでいそうで、暴かれるのが怖かった。そして、どうするのが正しいのかも判らずにいたから、責めてくる彼に怯えの感情が浮かんでくる。

「も……、ごめんなさい……許してください」

涙が止まらなくなったアーリアを見て、ソリュードは小さく笑った。

「困ったな、怒っているわけではないんだよ。ほら、こっち向いて」

思いがけず優しい声が響いて、アーリアの身体は反転させられる。

おそるおそる彼を見上げると、ロイヤルブルーの甘い瞳とぶつかった。

「アーリアの反応が可愛いから、ちゃんと言って欲しいだけだ」

「……う、う……」

彼の優しい笑顔に安堵したせいか、ぼろぼろと涙が落ちて嗚咽が出る。彼の身体に縋りたくて手を動かしたが寸前のところで止めた。けれど、ソリュードにはそれが判ったのか、アーリアの身体は彼女が望んだように抱き寄せられた。

「アーリア、すまない。そんなふうに泣かせたかったわけではなかったんだ」

いったい他にどう泣かせたかったというのだろうか？　アーリアには判らなかったけれど、ソリュードの温もりに縋る。

「ごめんなさい……ソリュード」

カトリーヌなら、こんなふうに泣いたりはしないのだろう。そう思ってしまうと益々哀しくなってくる。

「お姉様みたいに、ちゃんと出来なくて……」

アーリアの言葉を聞いて、ソリュードは笑った。

「そんなことを気にしているのか？　私はカトリーヌを抱いたことがないから、彼女がどうかは知らないよ」

「……え？　だ、だって」

カトリーヌの男性経験の有無を、彼は知っていたのではなかったか？

「だったら何故、あんなことをわざわざ仰ったんですか？　お姉様の、その……男性経験がどうだとか」

「どうしてだと、思う？」

青い瞳が意地悪く細められる。答えを間違えれば、再び泣かされるような気配を感じた。

「判りません」

本当に判らなかったから、アーリアにはそう答えるしかない。適当に答える柔軟さや、想像力が彼女にはないのだ。そんな彼女を見つめながら、ソリュードは口許を綻ばせた。

「そうか……残念だな。妬かせてみたかったのだけれど」

「妬く？」

妬かせてみたかったというのはよく判らなかったが、彼が妬かせたくて言ったのであれば十分だった。

彼がカトリーヌを愛している事実だけでも、妬いて気がおかしくなりそうなのに、ソリュードの逞しい腕が彼女を抱いたと想像させられただけで、眠れぬ夜を過ごす羽目になった。

俯いたアーリアの頬に垂れた亜麻色の髪を、ソリュードの指が弄ぶ。彼の指は、単に髪を弄っているだけだったが、心地良いものであった。

ただ、今自分にこうしているように、彼の指が姉や他の誰かの髪にもしていたことがあったかもしれない、と考えてしまえば辛くなる。

「今の私は……ソリュードが、望んだ通りの状態です」

「どうして？　私はカトリーヌを抱いていないと言っているのに？」

「……それでも」

アーリアが口ごもると、ソリュードは笑う。

「私が愛しているのは、アーリアだけだよ」

彼の言葉は、アーリアの心を甘く疼かせる。疼いた部分が熱くなり、どうしようもなくなる。

「アーリア……愛しているよ」

涙の流れた跡に、ソリュードの唇が触れた。柔らかな彼の唇の感触は、心の中を温めてくれる。

『アーリアが彼に尽くしていれば、ソリュードはあなたを裏切らないし、大切にしてくださるわ』

カトリーヌの言葉を思い出し、いったいどんなふうに尽くせばいいのだろうかとアーリアは考えた。けれど、どんなに考えたところで、圧倒的な知識不足で何も思いつかない。

アーリアは思い切ってソリュードに聞いてみることにする。

「ソリュード……私は、どんなふうにあなたに尽くせばいいですか?」

彼女の言葉を聞いたソリュードは、ロイヤルブルーの瞳を細める。

「尽くしてくれなくてもいいんだよ」

「私では……駄目だからですか」

「そうではない。もしも、私が君に色々求めているように感じてしまっているのなら、これは性癖だと思って諦めて欲しい」

「性癖？」

ちらりとエメラルドの瞳を彼に向けると、ソリュードは甘く微笑んだ。

「君が可愛いから、色々言って泣かせたくなるんだよ。けれどそれは、アーリアに何かして欲しいというものではない」

彼の言葉は、アーリアには理解するのが難しかった。可愛いのに泣かせたいというのは、どういうことなのだろうか。

ふいに彼の唇がアーリアの唇に触れた。

「……んぅ」

唇に舌が這わされる。ソリュードの舌の感触はひどく官能的に思えて、鎮火していた炎が再び勢いを増した。

「……あぁ……ソリュード……」

舌を絡め合わせる口付けが繰り返される。口腔内を犯されている感じがするのにも、興奮させられた。自分の興奮に気が付けば、羞恥心が煽られてしまう。

はしたなく彼の舌を受け入れ、そして自ら求めるように濡れた舌同士を絡め合わせる行為に、アーリアは蜜洞から蜜を溢れさせた。

満足しきれていない濡襞が、硬い肉棒との摩擦によって生まれる快楽を欲しがっていた。

「ソリュード……」

弱々しく彼の名を呼び、物欲しげに見上げてしまう。そんな彼女をソリュードは愛おしそうに見つめてきていた。

「可愛い顔をして。そんな顔をされたら、また好き勝手にしてしまうよ？」

どんなふうにされても構わないと思えたから、アーリアは小さく頷いた。

「……構いません」

「……君はこんな場所で私に抱かれたいのか」

彼は楽しそうに笑いながらそんなことを言う。最初に拒んだことを咎めているのだろうか？　アーリアはこくりと唾を飲み、再び頷く。

「言葉で言いなさい」

顎を持ち上げられ、彼と目が合う。獣性が色濃くなった瞳を見ても、今は怯えの感情は生まれなかった。

「だ、抱かれたい……です」

羞恥に全身が燃えるように熱くなった。けれど自分の熱が気にならないくらいの熱い塊が、秘裂を割って奥まで挿入されれば、意識は快楽を追うことに向けられる。

「あぁ……ソリュード」

下から突き上げられ、ずくんずくんと最奥に刺激が与えられる。ソリュードの逞しさをその部分で感じると、快楽に対する戒めなどどうでもよくなってしまうほどの愉悦が湧いた。

「……は、ぁ……あ、あぁ……ン」

「アーリア、愛しているよ」

彼の言葉が真実かどうか、今は疑う気持ちも芽生えない。身体を繋げてお互いの性を貪り合っているからなのか、それとも、密着している安心感からなのか――。

「す、き……ソリュード……」

「私に抱かれるのが？」

彼はまた意地悪なことを告げてくる。そうではない、確かに彼に抱かれるのもいいと思っているけれど。

「違う……の」

「……困ったね、それがいいと言ってくれないと」

「ん……え？」

緩やかに出し入れしていた肉棒を、大きく引き抜き、そしてまたアーリアの身体に打ち込み始める。そんな激しい動きに、アーリアの目の前でパチパチと火花が散ったように見えた。

「ひ……ゃ、ン」

「ほら、もっと啼いて欲しがって。私だけを夢中にさせようとするな」

ソリュードの肉茎がアーリアの襞を擦る。何故そこの粘膜が擦れるとこうも気持ちいいと感じてしまうのだろうか、アーリアは高い声をあげ、喘ぐ。

「ああっ……駄目……」

「駄目？　気持ちいい、の間違いではないのか？」

直感的にそれが命令であるように彼女には感じられた。気持ちいいと思う気持ちは真実だったから、アーリアは羞恥心を煽られながらも声をあげた。

「気持ち……いい、です……」

彼女の言葉を聞いたソリュードは満足そうな笑みを浮かべる。

「そう、もっと欲しいか？　私の身体が」

「欲しいです……ソリュードが……あぁっ」

臀部を鷲掴みされ、激しく身体を揺さぶられる。乱暴な動きにも、蜂蜜のような甘さしか今のアーリアには感じられなかった。

「あ……あ、ン……あああ……」

「……やらしい声、ぞくぞくするよ」

立ち上がったアーリアの乳首に、ソリュードが舌を這わせる。ぬめぬめした彼の舌の感触にもアーリアは感じてしまい、思わず腰を揺らしてしまった。

「いいよ、もっと振ってみな。君が私を貪っている様子を見てみたい」

彼の言葉に、背筋にぞっとする痺れを感じ、甘美な感覚で全身が麻痺させられたようになるが、繋がっている部分の甘さだけがやたらと明確になった。

自制心が何処かへ行ってしまう。こんなふうにソリュードに抱かれ、感じてしまってはいけないのに、どうにもならなかった。

「ソリュード、ソリュードっ」

行為の激しさを現すように、バスタブの湯がぱしゃぱしゃと跳ねた。暴れ回る湯の音で、ここがバスルームであることを再認識させられるが、だからといってもう止めることは出来なかった。

「ああっ、も……わ、たし」

絶頂寸前のアーリアの内部は、ソリュードを強く締め上げた。

「……いいよ、今度こそ、ちゃんと……イクと言え」

限界まで身体を繋ぎ合わせ抱き合い、アーリアは震えた。

「い、く……の、ソリュード……っ、あああああっ」

ソリュードの逞しい身体にしがみつきながら、アーリアは達する。最奥部まで届いている男性器の感触を隅々まで知り尽くそうと、彼女の襞が蠢いた。

「……っ、出すぞ」

彼が呻いた次の瞬間、内部にいっそうの熱を感じてアーリアは喘いだ。

「ん……、ふ……ぁあ……」

アーリアの身体の中でびくんびくんと、二度、三度とソリュードの塊が跳ねる。そんな感覚にも愉悦が湧いて、意識が乱された。

「あぁ……ソリュード、が……中、で……動いて……」

「私を、受け入れることが出来るのは君だけだ……満足か？　アーリア」

「……は、い」

満足という意味がよく判らなかったが、アーリアは満たされていた。ソリュードの腕の中で、くったりと力を無くしている彼女を見て、彼は笑っていた。

「アーリア、君はもっと、私に溺れるべきだと思うよ」

濡れた亜麻色の髪を何度も撫でながら、ソリュードはそんなことを告げてくる。

「……これ以上？」

自分の気持ちを隠すことを忘れたアーリアが返事をすると、彼は頷く。

「ああ、もっとだ。君が私に溺れているという状況ではないからね……そんな事実は私には耐え難い」

彼女を抱き起こすと、ソリュードはアーリアの中から自身の塊を引き出した。

猫脚のバスタブから立ち上がったソリュードのその部分に、思わず視線がいってしまう。

猛々しく力を持ったままの男性器は凶暴に見えたが、それが今まで自分の中に入っていたのかと考えれば、のぼせたように頬が赤らんでしまった。

「物欲しそうな表情だな。どうやらまだ足りないようだね」

彼の言葉に思わず頷いてしまう。そんなアーリアの反応を見てソリュードは妖艶な笑みを浮かべた。

「続きはベッドルームでしょう」

バスタオルに包まれたアーリアの身体からは、雄のものとも雌のものともつかないような香りがしていた。蜜の香りと彼が吐精した体液の香り――そんな匂いにも、身体が興奮を覚えて震えてしまう。

身体を重ね合わせる行為は昨晩もしたのに、どうして今夜の自分はこうも興奮してしまっているのだろう？　とアーリアは思っていた。

「……溢れてきてしまっているね」

ベッドの上に寝かされたアーリアは、ソリュードの視線に激しい羞恥を覚えた。頼りなさげに投げ出した両足の中央部。アーリアの秘めた場所を彼はじっと見つめている。

閉じようとすれば、ソリュードに咎められてしまう。

「いけないよ、アーリア。妻は夫に隠し事をしては駄目だ」

隠したいのは身体であるが、そのままの状態でアーリアは耐える。

無遠慮なソリュードの視線は、白い肌を舐めるようなものに感じられた。けれど、見ている相手が彼ならば、羞恥は覚えても嫌悪感は抱かなかった。

「こうして君の裸体を見ていると、焦らしているつもりなのに、逆に焦らされてしまうね」

何故触れてこないのだろうとアーリアが疑問を感じ始めた頃に、ソリュードはそんなことを呟いた。

「……焦らさないで……ください。さきほどから、ソリュードの放ったものが溢れてきていて……不安なのです」

「不安？」

「こんなに……溢れてきてしまっては……子が出来ないのではないかと……思えて」

彼女の言葉を聞いたソリュードは、意地悪そうな笑みを浮かべる。

「君のそこから溢れているのは、私の体液というよりは、君が溢れさせている蜜だと思う。でも、そんな心配は不要だ」

ようやくアーリアの身体の上にのしかかってきたソリュードは、彼女の耳の傍でぼそりと呟く。

「アーリア、君の中にたくさん注いであげるから」

「……っ」

囁かれただけなのに、全身が甘い感覚に震えた。彼の肌が触れただけで腰が痺れてしまう。

「ソリュード……」

ねだるような声で夫の名を呼ぶアーリアに、ソリュードの青い瞳は情欲に色濃く染まっていった。

「私に何か言うことはないか」

彼がまた、自分に淫猥な言葉を言わせようとしている——ということは直感的に感じ取ることが出来た。

「……わ、私の中に、ソリュードの……子種を、注いでください」

「君は嘘吐きだね。アーリアが欲しいのは、子種ではないだろう？」

彼女の顔の横で肘をつき、亜麻色の髪を一房すくい取ると、ソリュードは髪に口付けた。

「君が欲しいのは、快楽だ」

薄く微笑む彼の表情はひどく妖艶なもので、アーリアはくらりと眩暈がした。青い瞳を囲む長い睫毛はアーリアの方を向いている。ソリュードのロイヤルブルーの瞳は普段の色とそう変わらないように思えるのに、艶めいた表情のせいで違う色のようにも見えた。誘惑の色に染まった彼の瞳は、どんな宝石よりも美しく、また、欲しくて堪らないと感じてしまうものだった。

整った彼の唇が「言え」と小さく動く。

「……快楽が……欲しい、です」

自ら戒めて、押し隠そうとしていた部分を彼に暴かれ、表面に晒される。

罪悪感の中に埋もれていたものを引きずり出されてしまったが、そうされることで彼に許されたような気がした。

ソリュードの前髪が、さらりとアーリアの額を撫でる。艶やかな黒髪が皮膚に触れてくる感覚も、今の彼女には刺激となり、思わず息が乱れた。

「あげるよ、アーリア。君にそれを与えることが出来るのは、この私だけだ」

敢えて口付けは交わさぬまま、ソリュードはアーリアの泥濘にゆっくりと身体を沈める。見つめ合ったままの挿入に、アーリアは興奮させられていた。恋い焦がれる夫に抱かれる幸福を噛みしめ、許された快楽に声が漏れる。

「ん……ぁ……ソリュード……あぁ……入って……きてる」

狭隘な蜜洞を分け入ってくる肉棒の猛々しさに、アーリアはすぐさま溺れた。

「ああ、入っている。どうだ？　アーリア」

「気持ちいい……です。わ……たし……おかしく、なっちゃう……」

ぽろりと涙が零れる。どういう涙なのか説明がつかないものだったが、止めることが出来ずに次々と溢れてしまう。

「どうした？　泣くほどいいのか」

揶揄するように笑いながらも、ソリュードは彼女の身体を包み込むようにして抱きしめた。アーリアも彼の身体を抱きしめ、それから小さく頷いた。

最奥まで彼が届くと、硬くなった亀頭に子宮が突かれる感触で、アーリアの全身がぶるりと震える。

「あ……ふ……ぁ」

「可愛い声……」

耳朶をソリュードに甘噛みされ、湧いた愉悦に同調するように濡襞が蠢いた。なんだかもう、自分は本当におかしくなってしまうのではないかとアーリアは感じていた。このまま彼が身体を揺らし始めてしまったら、己を保つ自信など微塵もない。

「……ま、って……ソリュード、動か……ないで」

彼女の願いを聞く素振りは見せずに、ソリュードは意地悪い笑みを浮かべた。

「快楽が欲しいのだろう？」

ずちゅ、ずちゅ、とわざと淫猥な水音を立たせながら、ソリュードの肉棒はアーリアの身体を出入りする。

「あ……あああぁ……」

弓なりに背中を反らせ、アーリアは湧き上がった快楽に翻弄された。ほっそりとした左右の足を大きく広げ、彼の身体を奥まで導くように自ら動いてしまう。

「やらしいね」

彼は楽しげに笑うと、左右に広げられていたアーリアの足を肩に担ぎ、彼女の身体を二つ折りにするような格好でのしかかった。

「……えっ」

驚いて目を開けたアーリアの視界の中に、ふたりが繋がっている部分が飛び込んでくる。雄々しい……というよりはむしろ凶暴に見えるソリュードの肉茎を、ずぶずぶと彼女の蜜洞に突き刺してくる様子を見せられて、アーリアは羞恥の眩暈に襲われた。

恥ずかしすぎてくらくらと眩暈がするのに、見せられることによって興奮もしてしまう。

彼のそれが濡れているのは、自分の蜜のせい。ぐちゅりぐちゅりと泡立った水音がするのも、溢れんばかりの体液のせいだと考えさせられれば、アーリアの唇からは甘い声が漏れてしまう。

「あ……ああ……ソリュード、あなたの……が、奥まで……」

「気持ちいいか？」

「いい……です……っ」

奥まで突き刺された状態のままでソリュードに腰を揺らされると、どうしようもないほど感じてしまう。抜き挿しをされても、あられもない声をあげてしまう。もはや、アーリアの身体は、彼の意のままになっていた。どんなふうにされても大きな快感が湧いて、意識が完全に乱された。

「あああっ、ソリュード……！」

達するまでの時間はあっという間だった。

身体を折り曲げられ、ソリュードの肉棒で深く突き刺された状態の中で、彼女は達した。

「……可愛いアーリア。君は、一生……私のものだ」

ソリュードはアーリアの最奥部に自身が届くよう腰を落とすと、身体をぶるりと震わせて吐精する。

「……んぅ」

内部に吐き出され、濡襞がどくどくと跳ねるように動く肉茎の感触を覚えれば、小さな快感が弾けた。

天を向いていたアーリアのつま先が、痙攣するように震える。

「愛しているよ、アーリア」

「……愛して……ます」

願わくは――このまま、ずっと繋がっていたい。祈るような気持ちで、アーリアは夫の身体を抱きしめたが、体力の限界から、彼女は意識を失うようにして眠ってしまった。

第五章　執愛の檻

アーリアとソリュードの結婚から、二ヶ月後――。

ブルージュ国王太子の婚礼の儀が、華々しく行われた。

この国の未来の王となるリシャールの結婚に国民が歓喜し、祝福ムード一色になる。

パレードが行われた沿道には、次代の王妃を一目見ようと大勢の民衆が集まり、王太子妃となったカトリーヌは彼らの祝福に応えるようにして、にこやかに手を振っていた。

（ようやく、終わった）

国中が歓喜に沸いた一日が終わり、ソリュードは安堵の息を漏らす。

ここまでの道のりは、なんて長いものだったろう。

自室のソファに座りながらワインを飲み、正面に飾られている金色の鳥籠をぼんやりと眺めた。

中に小さな時計がある鳥のいない鳥籠。あの日、アーリアが興味を示していた鳥籠の時計が、ソリュードの手元にあった。

普段は書斎の奥にある隠し部屋に置いてある時計を、今夜は特別だとばかりに部屋に飾っていた。

(これが、最善の方法だった)

ソリュードはそう自分に言い聞かせてから、グラスに残っていたワインを飲み干す。

この数ヶ月間、全てが彼の想像していた通りになった。

リシャールが、彼の婚約者だったカトリーヌを花嫁に欲しがるということも、ソリュードの想定内の出来事だった。だからこそ、彼はカトリーヌを婚約者にしたのだ。

ソリュードの従兄弟であるリシャールという人間は、昔からソリュードが大事にするものを奪いたがる悪癖の持ち主だった。それは、品物は勿論のこと、人間関係においてもそうだった。

友人や恋人。ソリュードが大切にしているものを、リシャールは欲しがり、手元に置きたがる。他人が持っているものはよく見えるのだろうか？　とにかく、昔からリシャールはそういう人物で、彼が王太子という立場であるから余計に厄介だった。いくらソリュードが彼の従兄弟という立場であっても、王太子の命令は絶対なのだ。それでも、年下のリシャールの我が儘を憎らしいと感じたことはなかった。

——そう、今までは。

ソリュードはソファから立ち上がり、鳥籠の時計が飾られている場所まで歩み寄った。

（アーリア……）

初めから、彼が結婚したかったのはアーリアで、カトリーヌはカモフラージュに過ぎない。ブルージュ王国一の美女と誉れ高いカトリーヌは、リシャールを釣るための餌にするのには丁度よく、何より、アーリアの姉という立場も都合が良かった。

何もかもが予定通りにうまく行き、リシャールはカトリーヌと結婚し、ソリュードはアーリアと結婚することが出来た。それなのに彼の心はざわついていた。

最初に吐いた大きな嘘のせいで、本当のことが言えない。自分の心はあの出会いからずっとアーリアのものであるのに、そうだとは言えなかった。

（アーリアが結婚を嫌がったのも無理はない）

姉の婚約者として接していた男が、ある日突然、自分の夫になるなんて、受け入れ難い事実だと思えた。彼女の気持ちは理解出来たし、罪深いことをしてしまった自覚はある。罪に対する罰を受ける覚悟はあったから、歯がゆいばかりに重なり合わない気持ちは、代償であると感じていた。

（……これでいい。私は、満足だ）

ソリュードの目には、鳥籠の中にアーリアがいるように映っていた。

☆☆☆

リシャールがカトリーヌと結婚してからすぐに、アーリアはロワール宮殿の晩餐会に夫婦で出席することになる。

正直なところ、アーリアは気が進まなかったが、リシャールからの招待である以上断るわけにはいかず、ソリュードと共にロワール宮殿に向かった。

アーリアは青色の絹タフタのドレスを着ている。そのドレスは胸元にピンク色のリボンのエシェル、ローブの襟から裾にかけてはドレスと共布の縁飾り、更にその上には銀糸のレースとピンク色の薔薇の造花が飾られていて、彼女に似合うようにソリュードが仕立てさせたものだった。

ロワール宮殿に向かう馬車の中、ずっと俯き気味でいる彼女にソリュードが声をかける。

「緊張しているのか?」

「……はい」

「心配することは何もない。ずっと私が傍にいるのだから」

アーリアが顔をあげると、正面に座っている彼は、にっこりと微笑んだ。

濃紺のフロックコートに身を包んでいるソリュードは、いつもと変わらぬ様子だった。

「もしも体調が悪くなったとしても、宮殿内の私の部屋で休めばいい」

「……ありがとうございます。ごめんなさい……しっかりしないといけませんね」

「しっかりする必要はない。頼りなさそうな君も、私は好きなのだから」

彼からの甘い言葉に、アーリアの白い頬が朱に染まる。

手の甲に恭しく口付けられ、アーリアは少しだけ緊張が解れたものの馬車がロワール宮殿に到着すると、再び緊張が高まった。

国の繁栄の象徴である白亜の大宮殿に一歩足を踏み入れれば、絢爛豪華な内装に威圧されてしまう。

神々の絵が描かれた天井から吊り下げられている、クリスタルの大きなシャンデリア。金箔仕上げの木彫り彫刻が多用された白い壁。回廊に等間隔に置かれた女神の彫刻が掲げる大燭台。それらは国王が居住する宮殿に相応しいものばかりだったが、その豪華さにアーリアは威圧されてしまうのだ。

控えの間として使われている部屋も同様で、白い壁一面を覆うように金箔仕上げの木彫り彫刻があった。

ソリュードの住まいであるアルジャン城にも、金箔仕上げの木彫り彫刻は壁の装飾として使われていたが、ここまで仰々しくない。アーリアにはいささか大袈裟に見えてしまう壁の彫刻も、他の貴族から見れば素晴らしいもののようで、皆、褒め称え、絶讃している。人々の話に耳を傾けていると、どうやらこれらの彫刻は、高名な人物が手がけたものらしかった。

壁に飾られている国王の肖像画も、有名な画家が描いたものらしい。

（……でも、あの鳥籠の時計は、もうないのね）

広々とした控えの間を見渡してみても、どこにもあの鳥籠の時計は飾られていなかった。

「これはこれはライアー公、ご機嫌いかがかな」

背後から突然声をかけられて、アーリアはびくりと身体をこわばらせた。それに対して声をかけられたソリュードは、慣れた様子でゆっくりと振り返り、薄く微笑む。

「ゲリール公、いらしていたのですね。挨拶が遅れて失礼しました」

アーリアも振り返って声をかけてきた人物を見上げると、ワインレッドのフロックコートを着た男性が、高圧的な態度で彼女を見てきた。

「夫人は青いドレスがよく似合う美女だな。さすがは美姫と誉れ高いカトリーヌ王太子妃の妹だ」

ゲリール公リオネルのへーゼルの瞳はすぐにソリュードに向けられ、ほっと安堵する一方で、わざわざカトリーヌの名前を出してくるゲリール公に違和感を覚えた。

「君も大変だな、あの我が儘な従兄弟に振り回されて」

くくっと笑う男性。揶揄するような物言いに、彼はいったい何者なのだろうかと思わされる。

「……別に、振り回されてなどおりませんので、心配には及ばないですよ」

「そうかな？」

再びゲリール公の視線がアーリアに向けられて、彼女は思わず手に持っていた扇を開いて顔を隠すような仕種をした。

「おやおや、君の妻は私に顔を見られたくないようだな。私は仲良くしたいと思っているのに」

「仲良くしたいというのは聞き捨てならないですが……アーリアはこういう場に慣れていないんですよ。許して頂けませんかね」

「確かに、夫人の美しい刺繍を見る機会はあっても、顔を見たことがなかったな……」

刺繍というのは、作品のことだろうか。

貴族の嗜みである刺繍を、彼女は幼少時より得意として、唯一他人に褒めて貰えるものだった。たくさんは世に出せていないのに、知っている人物と出会えるなんて、少しだけ不思議な気持ちにさせられた。

「ところで、ゲリール公、今夜はおひとりですか？」

「ん？　あぁ、妻は体調を崩していてな」

「ご病気ですか」

「いや、懐妊だ」

「それは、おめでとうございます」

「カトリーヌ王太子妃もすぐだろうな」

愉快そうに笑う彼は、明らかにソリュードを揶揄している。対人関係に疎いアーリアでもそれぐらいのことは判った。

(ソリュードは、いつもこんなふうに言われているのね……)

アーリアの心が痛んだ。そして、自分が彼と結婚してしまったがために、格好の餌食となってしまっているのではないか？　とも思えてしまう。

婚約者を王子に奪われ、そして婚約者の妹と結婚したとなれば、面白がって噂話をしたり、このゲリール公のように直接からかったりする人間もいる——？

「珍しいな、リオネルがソリュードに話しかけているなんて」

はっと顔をあげると、正面にはリシャールとカトリーヌがいた。姉のカトリーヌはアーリアを見て微笑んでいる。

(お姉様……)

深紅のドレスに身を包んだ彼女は、誰よりも美しいとアーリアは思った。王太子妃となったカトリーヌは今まで以上に綺麗で神々しいと思える。高く結い上げたプラチナブロンドの髪も艶やかで、ダイヤモンドが装飾された真っ赤な薔薇の髪飾りがよく似合っていた。

「アーリア、よく来てくれたな。体調はどうだ」

ソリュードの従兄弟というだけあって、リシャールは目映いばかりの美貌の持ち主だった。艶めいた金髪で琥珀の瞳の持ち主を何度か見ている筈だったが、こんな間近で見るのは初めてで、動揺のあまり手に持っていた扇を畳む最中に落としてしまう。慌てて拾おうとしたがリシャールに止められた。

「淑女が自分で拾うものではない」

リシャールが視線を動かすと、傍付きの従者がアーリアの扇を拾い上げ、それを彼女に直接渡さず、リシャールに渡した。

「それに、可愛らしい顔を隠すのは勿体ないことだ。そうだろう？　ソリュード」

微笑みながら彼に話しかけるリシャールに対し、ソリュードは硬い表情を見せた。

「……どうでしょうか」

素っ気なく答えて、ソリュードはそれきり黙ってしまう。

リシャールの前で粗相をしてしまったことを彼は怒ったのだろうか。それとも呆れたのだろうか。たちまち不安になって、自分の情けなさに涙が出そうになる。

「お、扇を……お返し頂けないでしょうか、殿下」

アーリアが声を発した途端、リシャールは琥珀色の瞳を輝かせた。

「おお！　なんという美声なんだ。アーリアよ、もっと何か話してくれ」

すぐ傍までリシャールが歩み寄ってくるものだから、アーリアの動揺は更に大きなものになった。

「あ……あの……私は、話が、苦手で」

「では、その小鳥のように愛らしい声で歌ってはくれないか」

「リシャール」

「いいではないか。是非とも聞いてみたいのだ」

ソリュードの制止を無視し、嬉々とした表情で見つめてくるリシャールに、アーリアは心底困ってしまった。

そして、さきほどまで話し声がしていたのに、今はぴたりとやんで、周りの招待客の視線が一斉にアーリアのほうを向き、ことの成り行きを見守っている。

王子であるリシャールの願いをあれもこれも出来ない、とはさすがに言い出せず、こんな大勢の人の前で歌わなければいけないのかと、アーリアは緊張から身体が震えた。

ソリュードにも迷惑がかけられないとは思うものの、喉の奥が詰まったようになって声を発することも出来なくなってしまった。

「殿下、あまり妹を苛めないでくださいませ。歌でしたら、わたくしが披露させて頂きますわ。今夜、お集まりくださった皆様のためにも」

リシャールをなだめるようにしてカトリーヌは言い、自分の扇をアーリアに渡して、固唾をのんで見守っていた来賓を振り返った。

「繁栄の祈りを捧げる歌を、歌わせて頂きますわ。皆様とブルージュ王国のために」

涼やかな美声を生かした歌声が控えの間に響き渡る。

宮殿内に王室オペラ劇場を作ってしまうくらいオペラ好きのリシャールを、恍惚とした表情にさせるほど、カトリーヌの歌は見事なものだった。

自慢の姉は、なんでも完璧にこなせる人物だ。けれど、自分は——姉を誇らしく思う反面、アーリアは激しい自己嫌悪に陥ってしまう。

歌が終わると、拍手喝采が沸き起こる。

カトリーヌはドレスの裾を優雅に摘んで一礼をした。皆が未来の王妃に注目している、そのとき、ソリュードがアーリアの背中をそっと押した。

「……今のうちに、ここから出よう」

何一つ、満足に出来ない。

同じ両親から生まれたというのに、どうして自分はこうなんだろう？　控えの間から逃げるようにして出ながら、アーリアはカトリーヌの扇で顔を隠し、その陰で涙を零した。

少し歩いた場所に、彼が宮殿内に賜っている部屋があった。アーリアは彼に腕をひかれたままで、その部屋に入室する。

「私が呼ぶまで、さがっていてくれ」

ソリュードは従者をさがらせると、アーリアをソファに座らせた。

「……すまなかったね、アーリア。辛い思いをさせてしまった」

「どうして……あなたが謝るんですか。悪いのは、私です」

エメラルドの瞳からは大粒の涙が零れ落ちる。

「私は、やはり……どんなことがあっても、ソリュードと結婚してはいけなかったんです」

「そんなことを、言わないでくれ」

「……自分が、情けなくて……消えてしまいたいです……」

顔を手で覆い、アーリアは嗚咽を漏らした。

ソリュードを愛しいと思えば思うほど、自分の不甲斐なさを思い知らされる。

「アーリア……」

彼の腕が自分の身体を抱き寄せようとするのを、アーリアは拒んだ。

「私は、あなたに優しくされる価値はないんです」

ソリュードの胸を押し返しながら告げるアーリアに、彼は端整な顔を歪めた。

「……やめてくれ……君に拒まれたら、私は……」

「結婚、しなければよかった……」

「──っ」

彼女の否定の言葉を聞いたソリュードは、ロイヤルブルーの瞳に暗い影を落とす。そして溜息混じりの吐息を漏らした。

「……君は……私が憎いか?」

突然の彼の言葉にアーリアは驚かされる。

彼には悪いことをしてしまったという意識はあるが、憎いなどという感情は微塵も持ち合わせてはいない。

「そんなことは、少しも思っていません」

晩餐会への出席を断りきれなかったことを指しているのだろうか? どうしてソリュードがそんな話をするのかが、彼女には判らなかった。

「そうか。だが、いずれ思うようになるだろう」

「思ったりしません」

「いいや」

艶やかな黒髪を揺らし、ソリュードは首を左右に振った。

「君が私を恨み、憎む日が、必ずやってくる」

ふっとソリュードは笑う。

いや、笑ったように見えたが、彼の青い瞳は少しも笑ってはいなかった。いつもは柔らかな光を放っている彼の瞳は、今は酷薄そうな色に染まっている。

「……だが、そうなったとしても、私は君を逃がさないよ」

ソリュードの腕に捕まり、そのまま引き寄せられた。

彼の逞しい身体つきを感じれば、到底憎らしいとは思えない。強く抱きしめられたいと思う気持ちが湧き上がり、この腕から離れたくないと思わされてしまう。けれど、そう感じてしまうほどに自分の不甲斐なさをアーリアは強く感じてしまうのだ。

「ソリュード……私があなたを憎むと言うなら、あなたも……私を憎むと思います」

「君を憎んだりしない――私から、逃げ出さない限りは」

こうして彼の腕に抱かれ続けることが、永遠であればいいと願うくらいなのに、逃げたりはしない。

アーリアは彼の背中に腕を回し、抱きしめた。いつか、自分は不出来さゆえに、ソリュードから疎まれる日がやってくるかもしれないという不安を抱えながら。

「……ごめんなさい……あなたに、恥をかかせてしまって」

「恥をかいた覚えはないよ」

「いいえ、私が傍にいるだけでも……あなたは中傷の的になってしまう」

ぽつりぽつりと呟くアーリアの言葉をひとつも聞き漏らすことなく聞いてから、ソリュードは笑った。

「中傷というのがリオネルのことを指しているのなら、余計に気にする必要はない。彼はいつでもああいう物言いしか出来ない可哀想な人物なのだから」

「……可哀想？」

アーリアが顔をあげると、ソリュードはさきほどとは違い、いつも通りの優しい瞳で微笑んだ。

「毒しか吐けない人間のことを、君は可哀想だとは思わないか？　いつでも誰かのあら探しをし続けなければ気が済まない性格だなんて、私は彼が気の毒で仕方がないよ」

彼は身体を少しだけ離して、アーリアをのぞき込んだ。

「私の弱点がカトリーヌだと思うからこそ、ああいう言い方をしてくるだけであって、結婚相手が君でなくても状況は同じだ。だから、アーリアが気に病む必要はない」

「でも」

ソリュードの指先が、アーリアの唇に置かれ、彼女はそれ以上の言葉が出せなかった。

「私の妻は君しか考えられない」

唇から彼の指が離れる。

アーリアは小さく息を吐いてから、ソリュードを見つめた。

「……あなたは、優しい嘘ばかり、吐きますね」

「そうだな、信じて貰えなくても……仕方がないことだ」

彼の言葉が本当であればどんなにいいか。ソリュードが望んでくれているのが、姉ではなく自分であればいいのにと思ってはみても、どう考えても姉より勝る部分がないから、膨らんだ希望は小さくしぼんでいく。

「ごめんなさい、今から戻れば、まだ晩餐会には間に合いますよね……」

「晩餐会のことはもういい。君をあの場所に戻したくない」

「……それは、私が」

再び失敗をしてしまうからだろうか？　そう思ったが、ソリュードは首を横に振った。

「リシャールが君に興味を持ってしまったようだから、これ以上は関わらせたくないんだよ」

興味というよりは単なる気まぐれで、思いついたままアーリアに何かさせてみたいと思っただけではないのだろうか？

「リオネルにしても、リシャールにしても、少々困った従兄弟たちなのでね」

「え？　ゲリール公も、ソリュードの従兄弟だったんですか？」

聞けば、リオネルは国王の妹の息子で、ソリュードは国王の弟の息子という血縁関係で、年齢でいえばリオネルが一番上であるのに、女性方の親戚ということで彼の立場があまり良いとは言えないため、あんなふうになってしまったそうだ。

リシャールがソリュードと仲良くしているせいで、余計に。

リシャールがリオネルではなくソリュードを傍に置きたいと思う気持ちは、性格を考えれば自然な流れではあるとアーリアには思えたけれど、そんなことでも、波風がたってしまうものなのだろうか。

「……でも」

彼らの人間関係と、自分の不甲斐なさはまた別問題だと思い口を開きかけたが、ソリュードに唇を塞がれて喋ることが出来なくなった。

「……んっ」

「駄目だ、もうそれ以上喋ってはいけないよ。君は私を遠ざけようとする言葉ばかりをその愛らしい唇から漏らす。そろそろ、我慢の限界だ」

再び重なり合う唇。いけないと思いつつも、彼の唇の柔らかさや温もりに溺れてしまう。

こんなふうに優しく口付けられる権利など自分にはないと判っているのに、ほんの少し触れられただけでも邪《よこしま》な情欲が目を覚ます。

「だ……め」

頬を濡らした涙は完全に乾いていない。それなのに、彼の舌がいたずらに口腔内をくすぐれば、ソリュードの逞しさを知り尽くしたいと考えてしまう。

かろうじて働く理性で、アーリアは彼の胸を僅かに押した。

「……私を拒んではいけないよ。君は私の妻なのだから」

「で、も……私は」

サファイアのイヤリングが揺れる彼女の耳に、ソリュードは唇を寄せた。腰から下が甘く痺れ、支えるように添えられた彼の手の感触さえも、情欲に火を付けるものとなる。

「頬が赤いね……熱が出てしまったようだな。奥の部屋で休むといい」

熱を帯びたアーリアの頬に触れながら、ソリュードが耳元でそっと囁いた。確かに熱があるような火照りを感じたけれど、病からの熱っぽさとは違うように思えた。

「ソリュード、あの……だ、大丈夫です。これ以上、この宮殿内で……ご迷惑をおかけするわけにはいきません」

「言うことを聞きなさい。それとも、君は別のことを警戒しているの？」

ロイヤルブルーの瞳が艶めいた輝きを放ち始める。

「警戒だなんて……」

「じゃあ、期待か？」

アーリアの頬が一気に熱くなり、羞恥で身体が震えた。

期待などしていない、とすぐに言えればよかったのに唇が震えて言葉に出来なかった。

「夫の身体を妻が欲しがるのは、なんらおかしなことではないよ」

「……わ、私は……妻らしいことが、何一つ出来ていないのに」

「余計なことを色々言わなくていい。君は、私が欲しいのか？」

濃紺のフロックコートを脱ぎながら彼が言う。

甘い快楽に満ちた時間を欲していないと言えば嘘になるが、それをためらいもなしに彼に告げることは出来ない。

「……アーリア」

「言えません」

朱色に染まった頬を隠すように俯いた——が、その直後、アーリアの腕は引っ張られて、そのまま奥の寝室へと連れ込まれてしまった。

深紅色の綾織りの壁布が張られている部屋。壁には金色の木彫り彫刻が装飾されている。その部屋の端にある、ベルベットの赤い幕が下ろされた天蓋付きのベッドに、アーリアは押し倒された。

「君に辛い思いをさせてしまった償いはさせて貰うよ」

大きなリボンが幾重にもついているストマッカーを器用に外し、ソリュードは彼女の胸元を露わにさせた。

「つ、償いだなんて……もし、しなければいけないというのなら、それは、私のほうです」

「……してくれても構わないよ」

ロイヤルブルーの瞳が淫靡な輝きを見せ、形の整った唇は誘惑するようにアーリアの耳朶に寄せられる。

敏感な耳朶に吐息がかかるだけでも、彼女の下腹部が熱くなっていく。

「私は……あなたに尽くして……それで……」

どう尽くせばいいのか判らない。償う方法も判らなかったけれど、なんだかんだと言いながらも、自分は彼のものでありたいという気持ちが根底にあり、望まれていないと知っていても大事にされたいと願っていた。

豪奢なドレスはすっかり脱がされ、身体を締め付けていたコルセットの紐も解かれる。彼女の身体を隠していたものが全てなくなると、ソリュードは胸元に口付けた。

「ん……ふぅ」

「……可愛い声、たとえそれが話し声であっても、他の男に聞かせたくない」

それはアーリアの声を褒め称えたリシャールを指して言っているのだろうか？

「そ、んなの……恐れ多い、こと……です」

「相手が誰でも、駄目だ」

赤い舌先を見せて、彼はちろちろとアーリアの胸の先端部を舐め始める。小さな快感が泡のように浮かんでは消えていく。そんな快感に彼女はもどかしさを覚えていた。

「あ……ぁ、ソリュード……」

「足りないか？」

何もかも知り尽くしているといった口調で彼は言い、薄く微笑む。

意地悪そうに僅かに歪められた唇にも、アーリアはぞくっとするような性的な興奮を覚えてしまう。

「意地悪……です」

羞恥の涙をエメラルドの瞳に滲ませると、ソリュードは楽しげに笑った。

「……そうだな。君の言う通りだ」

ふいに彼はトラウザーズのフロントをくつろがせ、屹立した部分を露出させる。何度か目にしている部分ではあるけれど、美しい彼の顔とは対照的な凶暴さを感じさせられた。

ソリュードの手が彼女の手を取り、猛々しく天井を向いている部分に触れさせた。

「……ぁ……」

内側で感じている以上に、手でそこに触れると硬いように感じられる。アーリアの指先が触れると、彼の陰茎がふるっと震え、大きさを増す。

「……握ってみて」

ソリュードが囁くのを聞いて、アーリアはそれをおそるおそる握ってみる。

「君は償いたいのだろう？　尽くしたいのだろう？　だったら君の全てで私を楽しませてくれないか」

これを握ることで尽くすことになるのだろうか。彼女には判らなかったが、ソリュードの言う通りにする。

「に、握って……いればいいのですか？」

「まさか」

彼女の手に自分の手を添えると、ソリュードは猛々しく立ち上がっている部分をしごき始めた。上下に動かせば、アーリアの手の中で彼の男性器は益々膨らみ、硬くなっていく。

「……ソリュード……」

「ああ……凄くいいよ。君の手でされているのかと考えただけでも興奮して出てしまいそうだ」

次第に彼の男性器の先端から透明の液体が溢れ出てきてアーリアの指を濡らし、くちゅりくちゅりと淫猥な音を立て始める。

「こ、これで……いい、の？」

「いいよ……アーリア」

ソリュードの指がアーリアの股を割り、熱を帯びた部分に触れる。

「あ……ン」

「……濡れている、指なんか、簡単に入ってしまうね」

その言葉の直後、蜜で濡れそぼった蕾の中に彼は指を挿し込んだ。

「あ……あぁ……っ」

びくびくっと身体が震え、つま先がぴんと伸びる。

浅い場所で何度も抜き差しを繰り返され、アーリアはその動きに合わせるようにして、屹立した部分をしごいた。

「……上手だね」

僅かに息を乱しながら告げてくるソリュードに、アーリアは興奮させられた。性的な興奮は身体の感度を高め、濡襞と指が触れ合う感触を敏感に感じ取っていた。

「あ……あぁ……ン……ソリュードっ」

「もう、欲しくなったのか？　君の中が絡みつくようにして動いているよ」

恥ずかしいことを言われ、羞恥のあまりいっそう瞳が濡れる。けれど、彼のそういった言葉にもアーリアは何故か興奮してしまうのだ。

「……欲しい……の」

ソリュードはうっすらと微笑む。

「可愛いね」

彼は体勢を変えて彼女の身体の上にのしかかると、アーリアの指で高められた自身の身体を蜜口に挿し込んだ。

「ああぁっ」

指でいくらか解されていたとはいえ、狭隘なその場所が割り開かれる感覚にアーリアは息苦しさを覚える。

「ソリュード……あ……ぁ、ゆ、っくり……」

「ああ……判っている」

ぎちぎちと奥に入り込んでこようとする獰猛な一部に、彼女の内壁が隈無く擦られていく。

彼と身体を繋げるのはこれが初めてではないのに、初めてのとき以上に、男性の身体の大きさを意識させられてしまう。

「どう……して……大きくて……苦しい……」

「君がそうしたのだろう?」

ソリュードは愉快そうに笑って、腰を揺らした。

大きくて硬いもので襞が擦られている。全部収まりきっていないのに、彼女の身体は限界まで広げられているような感じがした。

「ちゃんと、全部……奥まで挿れてあげるからね」

首筋をちろちろと舐められると、小さな快感が襞の感覚にも影響を及ぼし、広げられて苦しいと感じていた部分に愉悦を覚え始める。

「あ……あン」

「……いい顔だね。私の身体を挿れられて、感じている顔は最高だよ」

「あ……ぁ、私……」

下腹部の熱さが尋常ではないように思えた。

男性器に擦られて、発火してしまいそうだと感じるほど、アーリアの身体は興奮で満たされて、快楽に従順になっていた。

「……ソリュード……、奥……が……熱いの」

最も深い場所で、熱く溶け合うように混ざり合いたいと考えてしまう。

戸惑いの中での夫婦関係であっても、抱き合っているときだけは〝本物〟であるように感じられたから、余計に欲求が膨らんでしまう。

離れてしまわないくらい深い場所で、ソリュードと繋がり合いたい。そんなふうにアーリアは、願わずにはいられなかった。

「愛しているよ、アーリア」

「……愛して……ます……」

彼の本当の気持ちは判らない。きっと今でもカトリーヌを愛しているのではないかと思えたけれど、アーリアはソリュードを誰よりも愛していた。

感情が昂ぶり、彼女のエメラルドの瞳に涙が滲む。眦に溜まった涙を、ソリュードの指がそっと拭った。

「好き……なの」

尽くし続ければ、大事にしてくれる――そんな言葉は抽象的で困惑する。そして自分は、ただ大事にされたいわけではないということに気が付けば、アーリアの悩みは深くなった。

贅沢で、貪欲な感情だ。彼を自分だけのものにしたいだなんて。

アーリアは、シャツを着たままでいるソリュードの身体を強く抱きしめた。

「……アーリア」

ゆっくりと身体を揺さぶられ、湧き上がる愉悦の中で、身体が繋がり合った。深い場所に彼を感じて、アーリアは溜息を漏らす。

「辛くないか？」

気遣うようなソリュードの声に、頷く。

「……大丈夫です」

彼の身体の感触を内側で感じ取ることが出来る。今まではぼんやりと流されるように抱かれてきたけれど、ソリュードを感じることが出来る幸福を、アーリアは噛みしめていた。

「動くよ」

ゆっくりと抜いては挿れる、という動きをソリュードは繰り返した。

甘い快楽の波が立てば、アーリアの思考能力は奪われて、湧き上がる愉悦の虜になるしかなかった。

「……っ、ん……あぁ……」

ソリュードの美しい顔とは相反する長大で凶暴な肉竿が、腹の奥を突き刺してくる。硬い部分で何度も突き上げられれば、頭頂からつま先まで甘く痺れてしまう。

「あ……ゃ、あああ……」

アーリアが艶めかしい声をあげる度に、彼の腰の動きも大胆になっていく。性に未熟な蜜壺はそんなソリュードの動きに翻弄された。

「あ……ぁ、ふ……」

「アーリア……いいよ、気持ちいい」

余裕のないような彼の声色が耳元をくすぐれば、アーリアの身体は益々昂ぶってしまう。

ぐちゅりぐちゅりと、繋がっている部分から聞こえてくる淫猥な水音、そして臀部を濡らす蜜の感触の卑猥さに、彼女はどうしようもないくらい興奮させられた。

「わ、たしも……いい、の」

「可愛いね」

ふいにソリュードはアーリアの身体を抱えたまま、身体を起こした。

向き合う形でふたりは抱き合う。

「……ぁ、ソリュード……」

「君も、腰を振って」

命じられたまま、彼女はおそるおそる腰を揺らした。

能動的にする行為は、自分が彼の身体を貪ってしまっているように感じられて羞恥心を煽られた。

「……あぁっ」

恥ずかしいと感じているのに、腰を揺らすことをやめられない。そしてそんな自分の様子を彼が面白がるように見ていることに気が付いても、もうどうにも出来なかった。

「や……なの……ソリュード……」

「嫌？　よさそうにしか見えないけれどね」

耳朶に噛みつかれ、僅かに痛みを感じても、それさえも興奮材料にしかならず、アーリアは淫らな声をあげてしまう。

「あ……はぁ……あああっ」

「……結婚しなければよかったと、君は本気で思っているのか？」

突き上げながらソリュードが聞いてくる。

「だ……って、それは……」

無防備な状態のアーリアの胸を、やや乱暴にソリュードが鷲掴みにした。

「……っあ、あ」

「――思っているのかどうかと聞いているよ？」

「思って……ません」

ぶるぶると全身が震える。彼から与えられている快楽のせいで、気持ちも昂ぶってしまっていた。

ソリュードを愛しいと思う気持ちが、いっそう膨らむ。

「私は、ソリュードが好きだから……」

「私だって、君を愛しているよ」

彼を見上げ、ロイヤルブルーの瞳を見つめた。

長い睫毛で縁取られている切れ長の瞳は、今は情欲に濡れている。そういった目で見つめられる相手は、いつでも自分であって欲しいとアーリアは思う。

「……愛しています……」

突き上げられ、快楽に身体を震わせる一方で、たっぷりと濡れた蜜洞から溢れる蜜でトラウザーズが汚れてしまわないか気になってしまう。

「ソリュードの……着ているものが、汚れてしまいます……」

「まだそんなことを、気にする余裕があるんだな」

彼は意地悪く微笑むと、アーリアの細腰を掴んで何度も突き上げた。

「あ……っ、ああぁ……」

大きな塊で突き上げられる感触がよすぎて、あられもない声が出てしまう。そして、ソリュードに命じられるまま、いやらしい言葉も言ってしまう。

「可愛いね」

突然、彼はアーリアの腰を掴んだまま後ろに倒れた。急な動きに驚かされてしまったが、その後の自分の体勢にも驚かされてしまった。

仰向けに寝ているソリュードの上に、自分が跨《また》がっている格好になっていた。

「ソリュード……？」

どうしたらいいのか判らずにいると、彼は突き上げてきた。

「……っ、あ、ン」

向かい合って抱き合うよりも、アーリアの体重がかかっている分、挿入が深くなっていた。

「や……、待って……」

アーリアの感じてどうしようもなくなる部分に、猛った肉竿が当たっている。身体を震わせながら、彼女はリネンに手をついた。

「こんな格好、恥ずかしい……です」

「敏感な君が、私の身体を貪っている様子が見たい。さきほどのように腰を振ってみなさい」

「で、も……」

彼の身体の上で腰を振るなんて出来ない。とアーリアが思っていると、ソリュードに臀部を鷲掴みにされた。

「……っン」

「……出来るだろ？　アーリア、君は私に尽くしたいのだろう？」

ゆるゆるとソリュードの肉棒が彼女の蜜洞から抜けていく。ぎりぎりまで引き抜いたところで、再び彼は猛った一部分をアーリアの身体に戻した。

「あああっ」

「ほら、こんなふうに抜き挿しをされるといいのだろう？　自分でもやってみなさい」

「……ゃ、あ」

ソリュードの唇がアーリアの淡い色をした乳首をついばんだ。そこで感じる快感は小さなものなのに、濡襞が擦れて湧く愉悦が大きくなっていく。

「だ、め……ソリュード……そんなに、しないで……」

「イイ、の間違いだろう？　もっとしてくださいとは言えないのか」

ロイヤルブルーの瞳を意地悪く輝かせながら、彼は指先でもう一方の乳首を転がした。

「すっかり硬くなっているね。ここ」

「や……ぁ……」

濡襞が更なる刺激を欲しがるようにして蠢いているのが、自分でも判ってしまう。けれどソリュードはアーリアの乳首を弄るだけで腰を揺らすのを止めてしまっていた。

欲しい快感があるなら、嫌でも自ら腰を振らなければならない。

彼にされながら腰を振るのとはわけが違い、恥ずかしくてどうしようもなかった。羞恥の涙がはらはらと落ちても、下から見つめている彼は意地悪そうに笑っているだけだった。

「……恥ずかしい……の」

「そうやって羞恥に震えている君の顔は、凄く可愛いよ」

「そんな……」

ひくっと、アーリアの体内に収まっている彼の男性器が大きく膨らんだ。そんな小さな動きにも、今の彼女は鳥肌が立つほど感じてしまう。

「あああっ」

「ほら、君の身体は更なる快感を欲しがっているよ」

「……っん」

限界だ、とアーリアは思った。

羞恥心を勝る欲求が彼女の理性を奪いさり、やがてアーリアはソリュードの身体の上で腰を揺らし始めた。途端に湧き上がる甘美な快感を、彼女の全身が悦んだ。

「ひ……ゃ……あ、ぁあ……く……ふ、ン」

「いいよ……とてもいい。君の身体は最高だ。罰を与えるつもりでしてみたが、こんなにいいのなら、これからもやって貰おうかな」

「そ……んな……駄目です……」

男性の身体を貪る行為には激しい羞恥をいっとき覚えたが、アーリアはすぐに快感の虜になってしまった。

彼の長大な肉竿が、出入りする度擦れるのが堪らなくよくて、ソリュードのそれと擦れ合うような腰の動きをしてしまう。

ぐじゅりぐじゅりと結合部分から聞こえてくる粘着質な水音。

夫婦がする〝当たり前の行為〟とは違うように思えていた。リネンの上でしどけなく横たわる夫に乗って、淫らに腰を振る妻などいるのだろうか？　エジュリー夫人の教育とは、何もかもが違うから、アーリアには何が正しいのかが判らなくなっていた。

それでも、快楽の虜になっている彼女には腰を振ることを止められなかった。今はもう、快楽に従順になるしかない。

「ああ……ソリュード……いい……の」

「もっと欲しいか？」

「……欲しい……です、あなたが……ぁ、あああ」

ぐぶりと奥まで突き上げられた。それまで黙って彼女の動きを見つめていたソリュードが、腰を揺らす。

「あぁあ……っ、奥……熱くて……」

「もっと欲しい、してくださいと言え」

じゅぷじゅぷと泡立った水音が行為の激しさを表していた。挿れるときはあれほど難儀していた肉竿が、今はたやすく身体の中を出入りしている。

「も……っと、欲しいです……ソリュードので、突かれたい……さ、れたいの」

自分の身体を支えることが叶わなくなったアーリアは、仰向けに寝ているソリュードにしがみつく格好になった。

「可愛いアーリア、君は一生私のものだ。誰にも渡さない」

乱れた息の中で囁かれた言葉は、アーリアをどろどろに溶かすような甘い睦言だった。

「……ずっと、ソリュードの傍にいたい……愛しているの」

「あぁ、愛しているよ、アーリア。私には君だけだ。だから決して離しはしない」

「――っ、ふ……ぁ、あああっソリュード……好き、愛してる……っ」

腰から下が甘く痺れ、溜まった快楽がアーリアの腹から溢れ出しそうだった。

「あ、あああぁン……も……ぁ、あぁ……い……ちゃ……」

「いいよ。アーリア……私も、君の中に出したい」

その後は言葉にならなかった。お互いの性を貪り合うように息を詰め、快楽の頂点を知り尽くすために身体を揺らした。

「ンあ、ああああああぁっ」

ソリュードの身体の上でアーリアは達した。その直後に最奥まで挿し込まれていた肉棒が彼女の中に熱を吐き出した。

「ん……っく、ふ……」

達してもなお冷めやらない熱を奥に感じて、アーリアは自分の身体を持てあます。彼女の濡襞は彼の身体を惜しむように肉竿を締め付けていた。

「……まだ足りないのか？」

愉快そうに笑うソリュードに対して、どうとも返事が出来なかった。足りないものは身体的な快楽だけではないと感じていたからだ。

「もう少しだけ……このまま、抱きしめていて欲しいです……」

「抜かずに？」

「……はい」

萎えることなく大きさを保ったままの彼の身体を咥《くわ》え込みながら、アーリアはしばらくの間、ソリュードと抱きしめ合った。

「アーリア、君は本当に可愛いね。いつまでもこうしていたくなるよ」

「……抱きしめていて……ください」

「……ずっとか？」

「ずっと……です」

アーリアが彼の身体を強く抱きしめると、ソリュードは笑い、彼女に口付けた。

何もかも忘れて、ただ抱き合っていたいと思ってしまう夜だった――。

第六章　もつれる感情

晩餐会の翌日から、アーリアの体調が悪くなってしまった。

しばらく熱も出さず、寝込むこともなくなっていたから自分は健康な身体になったのだ、と思い違いをしていた。

三日ほど寝込んだ後、ようやく熱が下がり起き上がれるまでに回復する。

「具合はどうだ？」

目を開けると、ソリュードがいた。目が覚めると決まって彼が傍にいたから、ソリュードはずっとここにいたのだろう。

「すみません……寝込んでしまって……」

「気にしなくていい、身体が丈夫ではない君を外に連れ出したのは私だ」

「……それに、寝室の時計のことも……」

ベッドから起き上がれない状況だったため、彼に頼まれていた時計のネジ巻きをするこのことだ」

とが出来なかった。そのことも謝罪すると、ソリュードは笑う。

「そんなことまで気にする必要はないよ。元気になったら、また巻いてくれればいいだけ

「はい」

ソリュードが怒っていない様子だったから、アーリアはほっと安堵する。

「色々と無理をさせてしまった。すまなかったね」

「いいえ、私がいけないんです……」

アーリアが再び謝罪をすると、彼は彼女の肩をそっと抱いた。

「君は何も悪くない」

「……ソリュード」

無性に彼に抱きつきたくなってしまう。

彼の逞しい腕に抱かれ、抱きしめ合いたい。けれど、自分の不甲斐なさを思い出してし

まえば、腕を伸ばすことが出来なかった。

ソリュードが妻にしたかったのは、素晴らしい姉の、カトリーヌであって自分ではない。

幾度となく思わされてきたことだったが、今日はその事実が堪えようがないほど哀しくて、

アーリアの瞳から涙が溢れ出てしまった。

彼を愛しいと思えば思うほど、胸の痛みが増す。

「アーリア？」

「ご、ごめん……なさい」

慌てて頬を伝う涙を拭うが、止めどなく涙が出てしまい隠せなかった。

「私の傍にいることが辛いか？」

口を開けばみっともなく嗚咽が出てしまいそうで、アーリアは彼の問いかけに答えられず、かろうじて首を左右に振る。

「君の気持ちは判っている。それでも、私は君を失えない」

アーリアの肩を抱くソリュードの腕の力が強まる。僅かな痛みを覚えたが胸の痛みに比べれば些細なものだった。彼がどんなつもりで告げたのかは判らなかったが、失いたくないという言葉はアーリアには嬉しく思える。

家同士の繋がりがある以上、離縁が出来ないということなのか、或いは、離婚することでこれ以上の恥をかきたくないからなのかは判らない。どんな理由であれ、自分はソリュードの傍に居続けたかった。

「わ、たしは……あなたの傍に……居たいんです」

エメラルドの瞳から溢れる涙を、ソリュードがそっと拭う。

「永遠を……誓わせてもなお、私は満足出来ていない」

永遠というのは、神の前で誓った夫婦の誓いのことだろうか。

ソリュードが彼女の頭を撫でる。

「……しばらく別荘で静養しないか？」

「え？」

突然の言葉に驚いて、アーリアの涙がひいた。

これまでの彼の多忙さを見ていれば、ソリュードがロワール宮殿に近いアルジャン城を離れるとは考えにくく、別荘というのがコライユ城を指しているのなら尚更、自分はひとりでその城で暮らさなければいけないのではないかと思えた。

ソリュードの傍にいられなくなる。そんな生活には耐えられない。

「嫌です……ここにいさせてください」

「でも、コライユ城のほうがゆっくり静養出来ると思うよ」

「嫌です、私をひとりにしないで」

アーリアが懇願すると、ソリュードは驚いたようにロイヤルブルーの瞳を彼女に向ける。

「君をひとりにさせるつもりはないよ。勿論、私も同行する」

「え？　あ……そうだったんですか……ごめんなさい……勘違いをしてしまって……」

彼は微笑んだ。

「君が私から離れたがっても、離しはしないよ」

ソリュードの柔らかい唇が、アーリアの額に触れる。

ここ最近の体調を考えれば、静養が必要なのは明らかであるのに、ひとりになりたくないという理由で拒んだりして、幼い自分の考えを恥じる。けれど、ひとりでコライユ城に行かされてしまえば、もう永遠にここには戻ってこられないように感じてしまったのも事実だった。

彼の言葉がどんなに優しくても、本心がどうであるかが判らないから不安に苛まれる。

「明朝にでも出発することにしよう」

ソリュードの身体がアーリアから離れた。遠ざかる彼の体温を惜しんでも、やはりアーリアは腕を伸ばすことが出来なかった——。

☆☆☆

湖畔にある美しい白亜の城、それがコライユ城だった。

ソリュードとアーリアを乗せた馬車は、ゆっくりと門をくぐる。彼が大事にしている城というだけあって、膨大な敷地内にある庭園は手入れが行き届いており、様々な色の薔薇の花が咲き乱れていた。

(なんて見事な庭園なの……)

思わず溜息が漏れる。そんな彼女の様子を見ていたソリュードが微笑みながら告げてきた。

「庭園に出たいときは、私に言いなさい。一緒に散歩を楽しもう」

「は、はい。ありがとうございます。ソリュード」

「まずは、歩き回れるくらい回復してからの話だが」

「……もう大丈夫ですよ。昨日の昼からすっかり熱も下がっていますから」

「駄目だ」

ソリュードの指が、アーリアの頬に触れる。彼に触れられると途端に上気して、熱っぽくなってしまった。

「ほら、まだ熱い」

「これは……」

あなたに触れられたからだ、とは言い出せなかった。

言うだけならたやすいがその理由を訊ねられたとき、上手く答えられる自信がアーリアにはない。夫であるソリュードに対して抱く恋心は、どこか後ろめたくて、告げれば哀しい思いをさせられる気がしていた。

(私は、彼とは釣り合わない……)

そして、彼も、自分を求めていないと判っているから哀しくなった。

優しい彼は、愛していると嘘を吐く。

一番愛している女性の妹だから、優しくしてくれる――。

「まぁ！　なんて可愛らしいお嬢様なんでしょう」

馬車を降りたと同時にかけられた第一声がそれで、アーリアは驚かされた。

コライユ城の使用人たちが、揃って彼女を出迎えた。ソリュードの妻であるアーリアを褒めたのは、やや歳のいった女性だった。

「美しい女性だろう？　しばらく滞在するから宜しく頼む」

「かしこまりました。そうそう、旦那様に頼まれていたものはあと数日で届くそうですよ」

「ありがとう。イリス」

アーリアはそのままソリュードにエスコートされて、部屋に向かった。

淡いグリーンの壁紙の部屋が、アーリアがこれから使う部屋のようだった。

大理石の暖炉の上には、黄金の時計と枝付き燭台が置かれている。

（時計……）

アーリアは隣に立っているソリュードを見上げた。

「どうかしたか？」

「はい。アルジャン城のホールクロックが止まってしまわないかと気がかりで……」

「君は驚くほど真面目なのだな」

彼は苦笑した。どうしてそんな笑い方をするのかアーリアには判らなかったけれど、彼女は言葉を続けた。

「だって、ホールクロックのネジ巻きは、私が与えられた仕事ですから」

「仕事だなんて気負う必要はないよ」

「……私は、あれくらいのことしか……出来ません。それすら満足に出来ずにいるのに……」

「君は本当に可愛いね」

くくっとソリュードは笑い、肩を揺らしていた。

彼はいったい何を言っているのだろう。

不出来さの話をしているというのに、なんの脈絡もない言葉を告げてくる。

「あんなの、君を私の寝室に呼び込む口実に過ぎない」

「どうして妻を寝室に呼ぶのに、口実が必要なんですか？」

彼が嘘を吐いているようにしか思えなかった。ソリュードは優しい嘘ばかりを吐く人であったから、アーリアの失態を庇い立てしているように感じられる。

「庇ってくださっているのはありがたいとは思えますが、でも、怒っているのなら怒っているとはっきり仰って頂きたいです」

「どうして私が怒っていると思うのだろうか。少しも怒ったりしていないのに」

「……本当のことを……仰ってくださらないから」

プラム色のドレスの裾を摘み、アーリアは窓際に向かった。

バルコニーのある大きな窓の向こうには、湖が広がっている。そんな景色を眺めながらもアーリアは焦燥感を募らせていた。

どうあがいたところで、自分が姉に勝ることは出来ない。けれど、少しでもいいから、ソリュードに愛されたいと思う。鬱々と哀しんでばかりいても、何もいいことはないのだ。

アーリアは意を決し、ソリュードを振り返った。

「何か、私に出来ることはありませんか」

「何か、とは?」

「あなたのために、何かしたいのです」

「私のためにというのであれば、君が健やかでいることが一番だ」

彼の言葉は、彼女にとって酷く衝撃的なものだった。ソリュードのために何かしたいと願い出ているのに、健康でいろというのは、病弱な自分をからかっているだけのように思えてしまう。

寂しくて、哀しい言葉だ。

「……わ、私……の身体のことは、これは、生まれ持ったものだから……」

どうにもならないことを言ってくるのは、彼が自分に対して望むことが何もないからなのだろうか。絶望にうちひしがれ、アーリアの瞳からはらはらと涙が零れ落ちる。

「どうして泣く?」

ソリュードが歩み寄ってきてアーリアの身体を抱いた。

「だ、だって……私には何も出来ることがないって、思ってしまうから」

「そんなことはないよ」

「ちゃんと、全部、仰ってください。本当のことを言って頂かないと私は……」

本当のことを言われれば、傷つく。それは判っているけれど、結局うわべだけの言葉を言われていても同じように苦しく思えるのだから、優しい嘘はいらない。

「——本当のこと？　私が嘘を吐いているとでも？」

ソリュードの言葉に対して、アーリアはこくりと頷いた。

「ソリュードは、私を愛していない……でも、私は」

それでも彼を愛している、とは言い出せなかった。喉に何かが詰まったような息苦しさを覚えて言葉に出来なかった。

「君は馬鹿だな。君を愛しているということだけが真実で、他の全てが嘘だというようには思わないのか」

「……思えないです」

「真実を述べても信じられないのなら、いくら本当のことを言っても、無駄なのでは？」

無駄だと言われてしまえば更に気持ちが沈む。俯いてしまったアーリアの身体を抱きしめながら、彼は囁く。

「実際に、私は嘘ばかりを言ってきた。許されるとは思っていない」

「許されない……？」

確かに彼は愛していると嘘を吐くが、それが許されないほどの嘘であるとは思えなかったから、アーリアはソリュードを見上げた。

「どうしてそんなふうに仰るのですか？」

「どうして？　事実、君は私の言葉を何一つ信じない。それは私が吐いた嘘のせいだと思うからだよ」

「どういうことなのか、判らないです」

「判らなくていいよ。私を嘘吐きだと思ってくれていい。それでも、私には手放したくないものがあるんだ」

ソリュードの美しく輝くロイヤルブルーの瞳が、アーリアの瞳の傍にあった。

「……手放したくないもの？」

「君だ。アーリア」

それは嘘だと言いかけたけれど、ソリュードの唇によって阻まれる。

少しひんやりとした彼の唇は、しばらく触れ合っているとアーリアと同じ温度になっていった。


コライユ城での暮らしは、ソリュードに溺愛される日々だった。

屋敷内でもメイドたちから「仲の良い夫婦」として祝福される日常に、アーリアはやはり、複雑な感情を抱いてしまう。

何が本当で、何が嘘なのか、判らなくなっていた。

刺繍の手を止めて、アーリアは窓の外を眺める。

休暇を取っているからロワール宮殿に行かなくていいとはいえ、ライアー公領を治める彼は多忙だった。

多忙な彼のために何が出来るだろう？　と考えてみても、ソリュードの邪魔をせずに部屋にただいるだけが一番だという事実に哀しくさせられる。

「奥様、旦那様がお呼びです」

イリスが彼女を迎えにやってきた。

いつもであれば、まだ仕事をしている時間だというのに、いったいどうしたのだろう。一抹の不安を覚えながらも、アーリアはドレスの裾を摘んでイリスの後に続いた。

「すまないねアーリア。自由な時間の邪魔をして」

「……そういうことを仰らないでください」

ソリュードはソファから立ち上がり、にっこりと笑う。そんな彼の笑顔に、不安を抱いていたアーリアは安堵させられた。

「君が毎日刺繍に精を出していると聞いているから、気にしただけだよ」

「あれは……精を出すというほどのものではありません」

集中してやれるから、色んなことを考えずに済む。ただそれだけのことだ。

「君は本当に手先が器用なようだね。アーリアが刺す作品は見事だと評判がいい。実際に見てみて、私もそう思えるよ」

「え？」

ふと見れば、彼の傍の壁には、見覚えのあるタペストリーが掛けられていた。

ピンクの薔薇と青い鳥が刺繍されているそれは、彼女が刺したものだった。

「どこでそれを……」

アーリアが十七の歳に完成させたタペストリーは家族にも評判が良く、貴族たちが集まるオークションに出されて高値がついたと聞いていた。

あまりたくさんの作品を作れなかったけれど、少ない作品のうちで最も高値がついたものが、目の前にあるタペストリーだった。

「探させて、買い取ったんだよ」

「どうして？　あなたのご希望でしたら、いくらでも作るのに」

アーリアの作品を気に入り、彼女にタペストリーの作成を依頼してくる貴族は少なくなかったが、自分の体調を考えると請け負える自信がなくていつも断っていた。だが、ソリュードの頼みであれば別だ。

「……その、もしも、あなたが私の作品を気に入ってくださっているのでしたら、プレゼントしたいです」

「嬉しいね。勿論、君の作品は素晴らしいと思っているし気に入っているよ」

彼の賛辞に嬉しくなり、アーリアは微笑んだ。

「刺繍はどんなものに刺しますか？　タペストリーにしますか？」

彼女の問いかけに、ソリュードは少し考えてから答えた。

「タペストリーより、もっと小さなものがいい。いつでも持ち歩けるような」

「ハンカチでしょうか？」

彼は頷いた。

「そうだな、ハンカチにゴシキヒワを刺繍して貰うことにしよう。いいかな？」

「……ゴシキヒワ……」

室内だというのに鳥のさえずりが聞こえた。

鳴き声のしたほうに顔を向けると、そこには鳥籠に入ったゴシキヒワがいて、顔の一部が赤いその鳥は、心が癒されるような可愛らしい声で鳴いている。

「デザインをするのに必要だろう？」

にっこりと微笑むソリュードを見て、アーリアも思わず微笑んだ。

「なんて可愛い……」

ゴシキヒワに歩み寄ったアーリアの傍に、ソリュードが寄り添う。

「喜んで貰えただろうか」

勿論、嬉しかった。ゴシキヒワのことも、彼が自分に仕事を与えてくれたことも、わざわざタペストリーを買い取ってくれたことも。だから、彼女は素直に頷いた。

「はい、嬉しいです……もの凄く嬉しくて、胸が痛くなります」

「それはいけないね、すぐにベッドで身体を休めなさい」

心配してくれる彼の言葉に、アーリアは首を左右に振った。

「そういう痛みではありません、なんだか、切なくて胸が痛むんです」

胸を押さえながら告げた彼女に、ソリュードは苦笑いをする。

「……あまり、驚かせないでくれないか？　君がどう思っているのか知らないけれど、私は本気で君の身体を案じているんだよ」

「ごめんなさい」

今度は胸がくすぐったく感じられて、アーリアは笑った。

そして鳥籠の中にいるゴシキヒワを見ながら、アーリアは宮殿で見た鳥籠の形をした美しい時計の話をソリュードにする。

彼にはあまり関係のない思い出話のようなものではあったが、ソリュードは熱心に話を聞いてくれた。

「その鳥籠の中には、モチーフの鳥はいなかったのですが」

「……そう」

「それに、次に舞踏会へ行ったときにはもうその鳥籠の時計はなくなっていました。もしかしたら捨てられてしまっているのかも……と思うと残念でなりません」

捨てられていてもおかしくないと感じてしまうほど、あの時計はあの場所に相応しくなかった。

「……君は、そのときのことを、もう少し思い出せないか？」

「鳥籠の時計のことでしょうか？」

ソリュードは首を振る。

「もっと、何か違うことだよ」

「何か思い出せば、時計の行方が判ったりするのでしょうか？」

彼の問いかけがどこか不自然に感じられたため、そんなふうにアーリアが聞くと、ソリュードは微笑んだ。

「そうだね、判るかもしれない」

彼の指が頬に触れてくる。ソリュードの指の感触に再び胸が痛み始めてしまう。

切ない胸の痛みと触れられることの喜びで、全身が痺れさせられた。自分はずっと彼の傍にいて、抱きしめられたいと考えていたから、ほんの少し触れられただけでも嬉しいと思える。

もっとたくさん触れ合いたい――けれど、そういったことを求めてしまうのは彼の負担になると考えてしまうから、自らは望めなかった。

コライユ城に来てからそろそろ三週間が経とうとしていたが、ソリュードとは寝室が別で一度も一緒に寝ていない。

(肌を触れ合わせないことで、こんなに不安にさせられるなんて……)

理由は色々あるように感じられた。アーリア自身の体調を彼が考えてくれているからなのか、彼の仕事が忙しいからなのか……或いは。

「……アーリア？　どうかしたのか」

黙り込んでしまった彼女を不審に思ったのか、ソリュードが聞いてくる。

アーリアは慌てて顔をあげると「ごめんなさい、何も思い出せないです」と、自分の感情をごまかすように告げて微笑んだ。

「そうか……」

彼の唇が、アーリアの額にそっと触れる。

「アルジャン城に戻ったら、君に見せたいものがある。だから、しっかり静養して早く戻れるようにしよう」

「私に見せたいもの？」

「ああ。楽しみにしているといい」

「なんでしょうか」

まるで見当がつかなかったから何かヒントが欲しかったが、ソリュードは微笑むだけでそれ以上の言葉を与えてくれなかった。

「早くアルジャン城に戻るには、君の体調が良くならないといけない。だからあまり刺繍に根を詰めすぎてはいけないよ」

「判りました」

「ん、いい子だね」

今度は頬に彼の唇が触れる。

身体の奥に灯った炎のせいで焦れた感じがしてしまう。

「……愛しているよ」

甘やかすような柔らかい声が鼓膜をくすぐる。その直後に短いキスが彼女の唇に与えられた。

すぐに離れてしまった彼の唇を追いかけてしまいそうになるが、思いとどまる。

(私は、どうすればいいの……)

本物かどうか判らない彼の優しさに対して、何処まで甘えてしまっていいのか判らない。

「……ソリュード……その……」

「うん？」

「このお城の……あなたの寝室には、ネジを巻くような時計はないのですか？」

「時計？」

羞恥心から彼の顔を見続けることが出来なくなって、アーリアは俯く。

アルジャン城にいたときと同じように彼の腕に抱かれたい――そんな感情が膨らんでしまって出た言葉だった。

「あ……い、いえ……なんでもないです。ごめんなさい、おかしなことを言ってしまって」

「いや、いいんだよ」

彼はそう言って笑った。

「ここでは、君をゆっくりと静養させたくて来ているのだから、私に色々と気を遣う必要はないいよ」

「え？」

顔をあげると、美しく輝く青い瞳と視線がぶつかった。

「アルジャン城で任せていたから、責任や義務感を覚えているのだろう？　そんなことを気にしなくてもいい」

「……あ、はい」

自分の本心が伝わらなかった失望感や、知られなくてよかったと思う安堵感。二つの感情によってアーリアは複雑な感情を覚えていた。

コンコン。

ためらいがちに扉を叩く小さな音がする。ソリュードが返事をすると、扉が開かれイリスが入室してきた。

「……旦那様、あの……来客がお見えなのですが」

申し訳なさそうに告げてくる彼女に、アーリアはアルジャン城のメイド、クレールの言葉を思い出す。

『コライユ城にはごくごく親しい方しかお招きしないと聞いておりますので』

そしてソリュードは、クレールの言葉が正しかったことを証明するように、訪問者の名前を聞かないまま、イリスに「お帰り頂くように」と命じた。

ゆっくりと閉まる部屋の扉を見つめながら、アーリアはソリュードに問いかける。

「大丈夫なのでしょうか？　もしかしたら、大事な用事だったかもしれないのに」

そんな彼女の疑問に彼は微笑んだ。

「もしもそうであるなら、イリスが初めにそう言うだろう」

「……それは、そうですね……」

「蜜月中だと知りながらやってくるぶしつけな人間の対応は、アルジャン城に戻ってからでも遅くはない」

アーリアの頬にソリュードの唇が触れる。

（蜜月中……）

言葉だけなら甘いものではあったが、彼がアルジャン城に戻るとき、一緒に帰らせて貰えるのだろうかと考えさせられてしまうから不安になる。

ソリュードに惹かれ、愛しいと思うほどに膨らむ不安。払拭しようと試みても、不安の原因が自分の至らなさであったから消せずにいた。

「……体調は、どんな具合なのかな」

俯いてしまったアーリアの頭上で、ソリュードの声が響く。慌てて顔をあげ、彼女は微笑んだ。

「悪くないです。ここに来てからは熱も出なくなりました」

「それはよかった。今の体調も悪くないようなら、少し庭園で散歩でもしないか」

「はい」

空は晴れ、日が柔らかくのどかに照っている。

そんな日差しの中、ふたりは庭園内をゆっくりと歩いた。どこからか鳥のさえずりが聞こえて、隣にソリュードがいなければ鳥の鳴き声に合わせて鼻歌を歌っていただろう。それくらい、アーリアは上機嫌になっていた。

「素敵な庭園ですね」

「君に気に入って貰えて嬉しいよ」

赤や黄色、ピンクなど、様々な色の薔薇が咲き乱れている。この城に来てすぐに目を奪われた薔薇を観賞出来るようになるまで時間を要してしまったが、今はそれを嘆く気持ちにはならなかった。外に出ることで、開放的な気持ちになっているからだろうか。

「……早く、庭園を散歩出来るように、なりたかったです」

彼女が心情を吐露すると、ソリュードは微笑む。

「散歩出来るくらいまで、君の体調が戻ってくれて嬉しいよ」

「ごめんなさい、ソリュード」

彼は再び笑った。

「君は謝ってばかりだな。君が体調を悪くしたのは私の責任だと言っているだろう?」

「……でも」

「あのベンチで少し休もう」

ソリュードにエスコートされ、木陰にある大理石で出来たベンチにアーリアは腰掛けた。

「君に謝られると、私は色々と気にしてしまうんだよ」

「気にする？」

「望まない結婚をさせてしまったからね」

彼の言葉に、胸がちくりと痛む。

「……それは、私の都合です。あなたがそれを気にしているのなら、謝らなければならないのは、やはり私のほうです」

「君の都合？」

「はい、私は……ミル伯爵との結婚が嫌で……あなたとの結婚を断りきれなかったのですから。申し訳なくて」

「ミル伯爵と結婚って、どういうことかな。君に対して、彼から結婚の申し込みがあったというのか」

「……はい」

さわやかな風が吹き、甘い花の香りがする。けれど重々しい沈黙が続いてしまい、花の香りを楽しむ余裕はなかった。

「ごめん……なさい。私は、結果的にあなたを利用したことになってしまいました。私がミル伯爵との結婚を選んでいれば、ソリュードはもっと素敵な方と結婚出来ていた筈なのに」

謝罪の言葉を述べてしまえば、余計に罪の重さを知ることになる。そして体調の不安定さを考えると、自分は本当にソリュードの子が産めるのだろうかと心配になってしまうのだ。

ソリュードはただの貴族ではない。ブルージュ王国の玉座を代々受け継いできているヴァムドール家の人間だったから、他のどの貴族よりも跡取りは必要だというのに、何かあればすぐに寝込んでしまう自分の身体が恨めしく思えた。

「私は……やはり、あなたとは……」

結婚しないほうがよかった。と、言いかけたところでソリュードに強く手を握られる。

「アーリア、それ以上は言わないでくれないか」

「でも……」

「私は人の皮を被った獣でしかない。君が幻想を抱いている〝優しい男〟でいさせたいのなら、黙るんだ」

珍しく脅しとも取れる言い方を彼はする。

「私は優しい男ではない……」

顎を持ち上げられ、口付けられる。単に触れるだけの口付けではなく、彼の生暖かい舌が口腔内に入り込んでアーリアの舌に絡んできた。

「……んっ」

不安でいっぱいだった心は、あっという間に官能の虜になる。こんなふうにあっけなく情欲の渦に巻き込まれてしまう自分の弱さも、アーリアは嫌だった。

「ん……や、ソリュード……」

拒むつもりの言葉であったのに、何故か誘うような甘い声が出てしまう。そんな声に気付いてか、彼は意地悪そうに笑った。

「嫌なのか？　それは真実か」

彼に口付けされるのは嫌ではない。

ふるふると首を左右に振ると、ソリュードの唇がこめかみに押しつけられる。

「……愛しいアーリア。君は永遠に私だけのものだ」

熱の籠もった彼の声を聞いていると、まるで自分は本当に愛されているように感じられた。けれど、それこそが〝幻想〟だとアーリアには思えてならなかった。

☆☆☆

ソリュードは書類の束が置かれた机の前の椅子に腰掛け、深々と溜息をつく。

彼女と結婚さえすれば、自分がアーリアに向けている感情はもっと穏やかなものになっていくだろうと思っていたのに、少しもそうはならなかった。

いつまで優しい男を演じられるのか、自信がなくなってきている。彼女には拒まれて当然なのに、アーリアの愛らしい声で拒絶の言葉を聞かされることに耐えられなくなっていた。

書類の束を握りしめると、力一杯それを放り投げた。紙の束は四方八方に散乱し、部屋の中は無様な姿へと変わってしまう。

（許せない）

自分以外の男が、アーリアに対して懸想していたこと、そしてあろうことか結婚の申し込みをしていた——そんな事実にソリュードは心を乱していた。

結果的にはミル伯爵がアーリアに結婚を申し込んでいたおかげで、彼女を丸め込むことに成功したようだったが、どうにも我慢ならなかった。

床に散乱している書類には、ミル伯爵がアーリアに結婚を申し込んだことが事実なのかどうかが記されていた。勿論、アーリアが嘘を言っているとは思えなかったが、彼は気になることは納得いくまで調べないと気が済まない性分だった。

ソリュードはもう一度溜息をついてから立ち上がる。

アーリアは、ロワール宮殿の応接間にあった鳥籠をモチーフにした時計は覚えていたものの、そのとき会話した相手のことは微塵も覚えていなかった。

可愛らしい声と姿で自分を魅了したくせに、そのときのことを覚えていないなんて。と八つ当たりに似た感情が湧く。

ブルージュ王国一の美女と誉れ高い、彼女の姉、カトリーヌと初めて会ったときだって心を奪われたりはしなかったのに、アーリアの姿を一目見ただけで、彼女に全てを奪われたような気にさせられた。

儚げな彼女は、何もかもが完璧なカトリーヌを常に意識して、姉と自分に優劣をつけてしまっていたけれど、完璧だからいいというものでもない。

アーリアに欠けて足りない部分があるというのなら、その欠けた部分を補いたいとソリュードに思わされる魅力が、彼女にはあるのだから。

——そして彼女の全てを独占したいという大きな欲望に、ソリュードは狂わされていた。

花のように可憐で、雛鳥のように愛らしい彼女を、別の男が狙っていた事実。ミル伯爵はアーリアが結婚した後も、もしかしたら何かしらの方法で彼女とコンタクトを取っているかもしれない。

自分だったら、アーリアが結婚したからといって彼女を諦めることなど出来ないし、あらゆる手段を用いて奪うだろうと思えるから、そういうふうに考えてしまう。だから、彼女が大事そうに手紙を隠していると聞いたときに、激昂してしまったのだ。結果的に、誰かからの手紙などではなく、自分が彼女に宛てたメモだったのだけれども。

ソリュードはアーリアが持っていた宝石箱のことも気になっていた。薔薇のモチーフがついた可愛らしい宝石箱の中には、彼が贈ったカメオと件《くだん》のメモだけが入っていた。何故、箱の中身がそれだけしか入っていないのか……という理由については問わないと約束をしてしまったから、彼女には聞けなかった。

アーリアが鳥を好んでいるというのは、最初に出会ったときの様子から判っていたため、彼女に鳥のカメオを贈った。けれど、その後、使っている様子が見られなかったから、気に入っていないものだとばかり思っていたのに――。

ソリュードは深々と溜息をついてから、机の引き出しを開ける。引き出しの中には鍵が入っていて、おもむろにそれを取りだした。

その鍵はアルジャン城の部屋の鍵だった。

アルジャン城の書斎には隠し部屋がある。大きな本棚を動かすと隠し部屋へと続く扉があり、部屋の中にはソリュードが大事にしている品々が置かれていて、そこに鳥籠の時計も置いてある。アーリアから貰った青い鳥が描かれているリモージュボックスも、隠し部屋に置いてあった。

大事なものは全てそこに隠されている。ソリュードが気に入ったものや、大事にしているものを欲しがる悪癖を持つ従兄弟のせいで、彼は大事なものは隠しておかなければ気が済まなくなってしまったのだ。

アーリアも同様で、とにかく彼女を人目につく場所には出したくなかったし、閉じ込めておきたかった。けれど再三に渡ってリシャールからの誘いがあれば、無下に断り続けるわけにもいかず、カトリーヌとの結婚が成立した後ならと、夫婦揃って晩餐会に出席をしたのだけれども。

リシャールがアーリアを気に入った様子に、ソリュードの心中は穏やかではなかった。リシャールとカトリーヌの夫婦仲は良好であると聞いているし、彼が彼女に惚れ込んでいる様子というのも聞いている。だからといって安心は出来ない。アーリアを気に入ったリシャールがカトリーヌを餌にして彼女をロワール宮殿に招くことだって可能だ。

いったいどうすればアーリアを自分だけのものに出来るのだろうかと、ソリュードは常に不安を抱えていた。不安があるから余計に、彼はアーリアを束縛せずにはいられなくなる。

部屋中に散乱した書類を見て、溜息を吐いた。

(……違う。欠けて足りない部分があるのは、私のほうだ)

だから、アーリアの全てで、自分の足りない部分を埋めて欲しい——彼女はそうすることが出来る唯一の人物だと思えていた。

(奪わせない。ミル伯爵にも、リシャールにも)

隠し部屋の鍵を元にあった場所に戻し、ソリュードはアーリアの部屋へと向かった。

「ソリュード、お仕事はもういいんですか?」

刺繍をしている手を止めて、アーリアがソリュードを迎え入れてくれる。

木製の丸い刺繍枠にはめ込まれているハンカチには、ゴシキヒワが描かれていて、今にもさえずりだしそうだった。

自分が恋愛感情を抱いている相手だから、ということを抜きにしても、彼女の刺繍の技術は素晴らしいものだと思っている。そう思っているのは、自分だけではない。アーリアの作品は出回っている数が少ないため希少価値がついていて、一度人手に渡ってしまった作品を買い戻すのに少々難儀していた。

今回買い取ることが出来た青い鳥のタペストリーは、ギャンブル好きな伯爵が大損をして金に困っていたからたまたま手放してくれたが、他の作品も交渉はしているものの、正直言って譲り受けるのは難しそうだった。

「無理はしていないか？」

ソリュードの問いかけに、アーリアは頷いた。

「大丈夫ですよ」

にっこりと微笑まれれば、愛しさがこみ上げてきてしまい、抱きしめたくなる。彼女の身体に触れて、温もりを感じたくなってしまう。けれど、アーリアの身体のことを考えると、控えるべきだと思うから触れられない。

しばらく彼女を見つめていると、白磁のような白い肌がほのかに赤くなった。

アーリアはモンティエル家にいた頃は頻繁に熱を出し、ベッドで寝ていることが多かった。結婚してからは熱を出すことも少なくなってはいたが、心配で堪らない。ソリュードは彼女の額に手を置いて、自分の体温よりも彼女の体温が高いことを確認する。

「熱っぽいようだね。ベッドで横になりなさい」

「具合は悪くないので、大丈夫です」

「いけないいよ、アーリア」

彼女を奪われることも耐えられないが、彼女自身を失うことはもっと耐えられない。

ヴァムドール家の医者にもアーリアを診察して貰っていて、熱が出やすい体質ではあるが、重篤なものではないと聞いていても、万が一があってはならないのだ。

「でも、ソリュードがいらしたばかりなのに」

「それが理由で横になれないのなら、私はしばらくこちらには来ない」

本当は一日中でも彼女の傍にいたかったけれど、自分がいることで彼女が休めないというのならそうせざるを得ないと思った。

アーリアのエメラルドグリーンの瞳から何故か涙が零れ落ちる。

「……ごめん、なさい。仰る通りにします」

「ん……あぁ」

アーリアがメイドと共に奥の寝室へと消えていくのを見守ってから、部屋を出るために踵を返すと傍にいたイリスと目が合う。

イリスは主人である彼に対して、少々呆れているような表情をしていた。

「なんだ？」

「旦那様、奥様の傍にいてくださいませ」

「何故？　まさか私が傍に居なければいけないほど、彼女の具合が悪いのか？　そんな報告は受けていない」

「具合の話ではありません。奥様が泣いていらっしゃったのが、旦那様には見えなかったのですか？」

イリスは苦笑する。

「見えてはいたが」

「泣いた理由も聞かずに、お部屋にお戻りになられるのですか？」

ソリュードは彼女の涙を軽んじたわけではない。けれど、熱があるなら一刻も早く休んで欲しかっただけだった。

じっとこちらを非難がましく見ているイリスに耐えかね、ソリュードは溜息を漏らした。

「……判ったよ。イリス」

頃合いを見計らって、ソリュードは寝室に足を踏み入れた。

天蓋の幕が下ろされたベッドでアーリアは横になっていたが、こちら側に背を向けてすすり泣きをしているようだった。

いったい何がそんなに哀しいのだろう？

「……私の、言い方がきつかったか？」

話しかけると、彼女は驚いたように濡れた瞳を向けてくる。

「お部屋に、お帰りになったのではなかったのですか」

「君が、泣いたから……」

イリスに止められた、とは言わなかった。

「すまなかった。泣かせるつもりで言ったわけではないんだ。ただ、私は、本当に君のことが心配だった」

「ごめんなさい……全部、私が悪いんです」

アーリアは身体を起こし、濡れた頬を拭う。

「君は何も悪くない」

「でも、私が言う通りにしないから、怒ったのでしょう？」

拭う傍から彼女の頬を涙が濡らしていく。

「アーリア、私は怒ってなどいないよ」

ベッドに腰掛け、彼女の小さな肩を抱き寄せると、アーリアの涙の量が増えてしまった。

「……すまない」

触れられるのが嫌なのだろうと思い、身体を離そうとしたが、アーリアが抱きついてきた。

「……行かないで……」

弱々しい声で告げられれば、どうにもならない感情が湧き上がる。

庇護欲と独占欲に苛まれ、我慢し続けていた欲望がソリュードの身を焦がす。堪らずに彼女をベッドに押し倒すと、アーリアは驚いたように目を見開いた。

「……許せ」

どうするべきかは判っていた。自分はすぐさま彼女から離れて部屋を出ていかなければならなかった。けれども、沸き上がった情欲はあっという間に彼自身を支配し、気が付けば指は彼女の胸を揉みしだいていていた。

「……ん、ぁ……」

甘い声に耳をくすぐられ、意識は彼女と繋がり合うことだけに向けられてしまう。

自分は何故、もっと彼女を大事に出来ないのだろう。何故もっと、思いやれないのだろう。

愚かな姿に成り下がったソリュードは、彼女の身体を貪るように押し開き、欲望に駆られるままアーリアを抱いた。


(本当に、私は獣だ)

疲れて眠る彼女をベッドに残し、ソリュードは足取り重く自分の部屋に戻る。

あのロワール宮殿での、彼女との出会いの日から後悔だったら何度でもした。

自分が人の皮を被ったただの獣だということを思い知らされ続ける日々。飢えた獣は少女の肉体を欲し、全てを手に入れるために、もっとも卑怯な手段を講じた。

カトリーヌがアーリアを大事にしていることは知っていた。引く手あまたのカトリーヌが、なかなか結婚しなかったのも、アーリアを心配してのことだというのもうすうす感じていた。

結婚を申し込んだのに承諾して貰えなかった求婚者が、逆恨み的にカトリーヌは数々の男を品定めしていると言っていたが、それはあながち嘘ではないとソリュードは思っていた。ただ、彼らと意見が違うのは、彼女は自分自身のために品定めをしていたのではない、ということだ。

（全ては、アーリアのためだ。カトリーヌは、彼女の結婚相手を探していたに違いない）

窓の外の夜空を眺めながら、ソリュードはアーリアと初めて会った日のことを思い出していた。


絢爛豪華な舞踏会。

ロワール宮殿で行われている週に二回のそれは、上流階級の貴族しか招かれないこともあり貴族の令嬢が社交界デビューする場になっていた。

優雅なワルツを踊りながら結婚相手を探す。だから、ブルージュ王国では婚姻が可能になる十六になった歳に、社交界デビューするのが常だった。

けれど。

ソリュードのいる場所からやや離れたところで、ミル伯爵とワルツを踊っている亜麻色の髪の少女アーリアは、もうすぐ十八歳になろうかという年齢にもかかわらず、今日が社交界デビューの日だった。

ふたりの男性にダンスを申し込まれて踊った後、彼女は疲れてしまったのか、大広間から姿を消した。

「お久しぶりね、ソリュード。ご機嫌はいかがかしら」

ふいにカトリーヌがソリュードに声をかけてくる。

紺色のドレスに身を包んだ彼女は、ブルージュ王国一の美女と呼ばれるに相応しい装いだった。

「ああ、カトリーヌ。悪くないよ」

ソリュードは社交辞令的に微笑んだ。

彼女とは特別仲が良いというものではなかったが、会えば必ず話をする程度までは親交があった。

「今夜も随分、忙しそうだね」

カトリーヌを狙う男性は多い。だからダンスの申し込みもひっきりなしだった。

無論、彼女は都度、受けるわけではないが引き際を知らない輩につきまとわれると、さりげなくソリュードの傍に来て話しかけてくるのだ。

ソリュードはブルージュ王国の王子、リシャールと従兄弟であるということから、彼と・カトリーヌが会話を始めれば、誰も邪魔は出来ない。

「……わたくしのことよりも」

羽の扇を優雅に開き、カトリーヌは口許を隠すようにして微笑む。

「今夜は、わたくしの妹、アーリアが来ていますのよ」

「ああ、そうらしいね」

ソリュードが素っ気なく答えると、カトリーヌは視線をついっと上げて彼を見た。

「まぁ、ご存じでしたの……妹とは何か話をなさいました？」

「いいや、遠目で見かけた程度だからね」

「……そうですか、残念ですわ。誉れ高いライアー公にお声がけ頂けなかっただなんて」

ライアー公というのはソリュードの爵位で、王家の血筋の人間しか引き継ぐことの出来ない爵位である。逆に言えば、血筋であれば誰でも引き継げるということでもあったが。

そして彼がライアー公という爵位を継いだのは生まれたときからで、何度も会って話をしている間柄のカトリーヌに、改めて誉れ高いと言われると思わず笑ってしまう。

「どうした？　あなたのそんな言い方は珍しいな」

「あら、そうでしたか？　わたくしは常に敬意を払っているつもりでしたのに」

「侮辱されていたとは思っていないよ、カトリーヌ」

彼が微笑むと、カトリーヌも目を細めて上品な笑みを浮かべる。

「ただ、ソリュードが、せっかく来ていらっしゃるのに、お話も出来ずに……と思いましたの」

「ん？　ああ、あなたの妹の話か」

「アーリアですわ、ソリュード」

わざわざ彼女がそんな言い方をしてくるのは、名前を覚えろということなのだろうか？ とソリュードは感じた。

「……まぁ、挨拶程度はしても構わないが、肝心の〝アーリア〟はどちらにいるのだろう。姿が見えないようだが」

彼がアーリアの名を呼ぶと、カトリーヌは満足そうに微笑んだ。

「体調を悪くして、今は応接間で休ませて頂いております」

「そうか」

これといって興味のある話ではなかったから、それ以上詳しく聞くこともないだろうと彼は思ったのだが、カトリーヌは話を続ける。

「アーリアはほんの少しだけ身体が弱いから、わたくし心配ですの」

「身体が？　そうか……それは大変だな」

「大変というほどではありませんわ、子は産めますもの」

「……あ、あぁ、そうなのか」

話が飛躍して、ソリュードは驚いたが、カトリーヌは淡々としていた。

「小鳥が好きな、愛らしい子ですのよ。見た目も可愛らしくて、宝石のようなエメラルドの瞳がとても美しいの」

「ああ、瞳が綺麗な女性なんだね」

「瞳だけではなく、白い肌や薔薇の花のような赤い唇もですわ」

カトリーヌの賛辞に、彼は微笑んだ。

「へぇ、まるであなたのように美しいということなのかな」

「わたくし以上ですわ、ソリュード」

「……ふぅん」

「ですから、心配ですの……」

それは暗に、様子を見に行けと言っているのだろうか？　とソリュードは思う。

そして、視界の端にリシャールを発見して、彼は薄く笑う。

「……私をこの場から移動させたいのであれば、もう少し、親しげに話をして貰う必要があるよ」

「協力は惜しみませんわ」

開かれた扇で口許を隠しながら、カトリーヌは微笑んだ。何故、そんなに様子を見に行かせたいのかがソリュードには判らなかったが、とりあえずこの場にいてもさほど楽しいわけではなかったから、彼女の望みを叶えることにする。

カトリーヌと親密そうに話をすること数分で、案の定リシャールはふたりの傍にやってきて、にこやかに微笑んだ。

「これはこれはカトリーヌ。今日も美しいね」

それを受けるようにして、カトリーヌは魅惑的な笑みを浮かべる。

「光栄ですわ、殿下」

「一曲、踊って頂けますか？」

「ええ、勿論です」

白い手袋がはめられたリシャールの手を取り、彼女は優雅な身のこなしで大広間の中央へと歩いていった。


（まぁ、別に、カトリーヌを餌にして、リシャールの気を逸らせる必要もなかったのだろうけれども）

煌びやかなシャンデリアがたくさん使われている大広間を抜け、隣接している応接間にソリュードは向かう。

絢爛豪華なロワール宮殿の大広間は、光が眩しいほどであった。それと比べると応接間はややトーンダウンしているものの、王家の栄華を誇るようにして彫刻だの絵画だのが飾られていた。

その中でひときわ目立っている現国王の肖像画も、高名な画家に描かせたものだと聞いている。ただ、威厳があるようにして描かれているため、少々威圧的に感じられるせいか、大広間に一番近い応接間だというのに、招待された貴族はあまり使いたがらないようだ。

今も、こちらに背を向けた状態でいる亜麻色の髪の少女が、ひとりぽつんといるだけだった。

エメラルドグリーンのドレスに身を包んだ少女の背中に向かって、ソリュードは話しかける。

「芸術作品に興味がおありですか？」

何かを熱心に見ているようだったから、ソリュードはそんなふうに声をかけたのだが、声をかけられたアーリアは、驚いたようにびくりと肩を跳ねさせた。

「ああ……すまない、驚かせてしまったようだね」

「いいえ、あの……私、ダンスは……」

蚊の鳴くような声で、ぽつぽつと喋り、怯えるようにして手に持っていた扇を広げて、彼女は顔を隠してしまう。

「お疲れだとカトリーヌから聞いているから、ダンスは申し込まないよ。アーリア」

姉の名を聞いて安心したのか、彼女はほっと息を吐いた。

「そんなにダンスはお嫌か？」

「……緊張してしまって」

今度は、はっきり聞き取れる声で彼女は喋った。

アーリアの声が優しくソリュードの鼓膜をくすぐる。柔らかい声なのに、彼は何故かぞくりとさせられた。これはどういったことなのだろう？　勿論、畏怖の念を抱くようなものではなく、むしろ――。

ふいに湧き上がったものを隠すように、ソリュードは人が好さそうな笑みを浮かべた。

「誰でも、初めはそういうものだよ」

「そうですか……安心しました。でも……私は慣れそうにはないです」

彼女は広げていた扇を閉じて、俯いた。

「あまり身体が丈夫ではないそうだね。お疲れなのだろう、ソファにかけてはいかがかな」

ソリュードが腰掛けるように促すと、アーリアは小さく頷いてから傍にあった三人掛けのソファに座った。

「隣に座っても、よろしいかな」

「は、はい……」

彼女の了承を得たので、ソリュードもソファに腰掛ける。

彼が座った途端、アーリアははっとするように少しだけ顔をあげた。

「あの、私、身体はあまり丈夫ではないのですが」

「え?」

「……い、いいえ、なんでも……ありません」

アーリアはダイヤのイヤリングが揺れる耳を薔薇色に染めて、俯いた。

ソリュードはそんな彼女の様子を見て、カトリーヌの言葉を思い出していた。

「〝子は産めます〟かな?」

何の気もなしに告げた言葉だったのに、アーリアの白磁のように白い肌がみるみる赤くなり、羞恥に震える姿を見てしまえば、さきほど感じたものがよりいっそう強くなる。

「そういうふうに言えと教わっているのだろうけれど、言い過ぎてもいけないよ。男はその気になってしまうからね」

優しく教えるようにして話すと、アーリアは小さく頷いた。

「ところで」

ソリュードは話題を変えようと思っていた。

このまま同様の話題を続けてしまえば、くすぶり始めた欲望に火がついてしまいそうだった。

視線を、ついさきほどまで彼女が熱心に見ていたものに移動させる。そこには十八金鍍《と》金《きん》の鳥籠があった。籠の中には時計があるものの、肝心な鳥がいない。本来、時計の上には鳥の彫刻が飾られている代物であるのに、あるべき姿が失われていた。

鳥がいない鳥籠に、いったいどんな価値があるというのだろう。

「アーリアは、その時計が気に入ったようだね」

「……はい、この鳥籠には、いったいどんな鳥がいたのかと……想像していました」

「想像？」

「私は、鳥が好きなので」

「あぁ、そうなんだね……君は、どんな鳥がいたと考えた？」

「そうですね、鳴き声の美しいカナリアか、ゴシキヒワでしょうか」

鳥にそう詳しくなくてもカナリアは想像しやすかったが、ゴシキヒワと聞いてもどんな鳥なのかが、ソリュードにはよく判らなかった。

「ゴシキヒワ？」

「お顔が赤くて、とても可愛らしい鳥なんですよ」

俯いたままではあったが、アーリアは愉快そうに微笑む。

そんな彼女の表情が愛らしく感じられて、アーリアの顔をもっとちゃんと見たいと考えてしまう。そして、彼女の声は相変わらずソリュードの内側にあるものを、揺さぶり起こそうとしていた。

（どうしたものか……）

自分の感情を持てあまし始めてしまうものの、この場から立ち去りたいとは思えない。

ソリュードは、アーリアをひとりには出来ないと考えてしまっていた。彼女をここに残したままにして、他の男がやってきたら？　そう、たとえば彼女がワルツを踊った、女好きなミル伯爵だとか――。

そのとき、彼女が小さく咳をする。

「大丈夫か？」

「ごめんなさい……大丈夫、です」

「辛いのなら、今日はもうお帰りになってはどうだろう」

「……でも」

「ロワール宮殿での舞踏会は今日だけではない、無理をしては身体に良くないだろう」

そう言うと、ソリュードはソファから立ち上がり、手を差し伸べる。

「そうですね……それでは、そうさせて頂きます」

彼女は名残惜しそうに黄金の鳥籠を見てから、彼の手を取った。

そして、モンティエル家の従者にアーリアを引き渡したが、彼女はただの一度もソリュードを見ることはなかった。

アーリアのそれが極度の緊張からとはいえ、ソリュードは応接間に引き返してから苦笑いを浮かべる。

「私は、この不完全な鳥籠に負けたのか」

思わず独りごちてから、アーリアが興味を示していた鳥籠に指を滑らせる。

ふと、籠の中の時計が止まっていることに気が付く。今針が指している時刻からして、アーリアがいたときは動いていたように思えた。

「ああ、ソリュード。こんなところにいたのか」

リシャールがつかつかと、ソリュードの傍に歩み寄ってくる。アーリアが帰ることを聞いたカトリーヌが共に帰ったのだろう。

「――リシャール、この時計は〝壊れて〟いるようだな」

ソリュードの言葉に、リシャールは鳥籠を一瞥する。

「鳥籠か。鳥のほうにこそ価値があったようだが、時計まで壊れては、まったく役に立たない代物だな」

「どうせ時計を置いておくなら、あなたが好きな馬にちなんだものにしてはどうだろう」

「馬か、そうだな。鳥籠よりよほどいい」

「では、探しておくよ」

リシャールは嬉しそうに笑った。

「ああ、頼んだぞ、ソリュード」

「ええ、あなたの好みそうなものを」

鳥籠を一瞬見てから、ソリュードはにこりと笑う。

「あの時計を修理してみてもいいだろうか。部品をばらしてみたいのだが」

彼の言葉を聞いたリシャールは、ふんっと鼻をならす。

「おまえはああいうものをばらすのは好きだが、元通りになったためしがないだろう。でも、まぁ、どうせ捨てるものだ。好きにしろ」

「ありがとうリシャール」

「礼には及ばないが、おまえが何故壊したがるのか理解出来んな」

「別に壊したいわけではないよ」

「何を言う、私が気に入っていたオルゴールを、壊してしまったのを忘れたか」

「あれは壊したのではなく、壊れたオルゴールをあなたのために直してみたかっただけだ」

そんな思い出話をしながら、ふたりは大広間へと戻っていく。

こうして、ソリュードはアーリアが気に入った鳥籠を手に入れたのだったのだが――。


時計は時間を止めたまま。

彼女のお気に入りを手元に置いて愛おしんでみても、アーリアは手に入らない。

狂ってしまった歯車を、戻せないままでいる。

何もかも計算通りにことは進み、アーリアと結婚して夫婦になったというのに、初めに吐いた嘘のせいで、彼女と自分の間には大きな隔たりがあるとソリュードは思っていた。

(自業自得だ……けれど)

アーリアを手放すことは出来ない。

美しい少女を鳥籠に閉じ込めたいと思っていたのに、結局自分のほうが執着の檻に囚われてしまっていた。

第七章　策略の代償

翌朝。

アーリアがベッドの中で目を覚ますと、ソリュードはもういなかった。

（……ソリュード）

傍に居たいと思うほど、彼を遠く感じてしまう。

久しぶりに男性を受け入れた身体は悦びで火照り、少し熱っぽかったが、それを言ってしまうとまた大事になると思い、アーリアは溜息をついてから気だるい身体を起こした。

彼女の身体のことはヴァムドール家の医者にも診て貰っているし、その診断結果をソリュードも当然聞いているだろう。それなのに、過剰なまでにアーリアの身体のことを気に掛けるのは、やはりそれを理由に離れたいからなのではないかと思ってしまう。

事実、彼はしばらくこの部屋には来ないと言い出した。しばらく、などとやんわりした言い方ではあったが、アーリアには永遠のように聞こえてしまって涙が抑えられなかった。

『すまない』

身体を離す瞬間、彼は消えるような声で彼女に謝罪をした。

何故彼が謝らなければならないのかも、アーリアには判らない。ソリュードは自分を抱くことに対して罪悪感があるのだろうか。彼が愛しているカトリーヌとは似ても似つかないような妹を抱いてみても、満たされないから謝罪の言葉を述べずにはいられなくなるのだろうか？

(私じゃ駄目なのは……判っているけれど)

謝らないで欲しかった。謝られてしまえば、熱に浮かされた感情の行き場がなくなってしまう。幸せだと思った分、哀しくさせられた。そして昨夜は、何故か子種を体内で放ってはくれなくて、どうして彼がそうするのかも判らず、困惑した。

ぼんやりとしていると寝室の扉がノックされ、イリスが姿を現した。

「奥様、朝ご飯は食べられそうですか？」

「ありがとう。頂くわ」

「それではご用意させて頂きます。こちらにお持ちしましょうか？」

イリスの言葉を聞いて、アーリアはゆっくりと首を左右に振る。

「いいえ、大丈夫よ。ベッドで食べなければいけないほど重病人じゃないわ」

「旦那様は心配性ですから、少しうるさく思われるかもしれませんが、どうぞ許してあげてくださいね」

イリスは優しい笑みをアーリアに向けた。

「うるさいだなんて、思っていないわ」

「それだけ奥様を大事になさっているということなのですよ」

にこにこと微笑んでいるイリスを見ていると、段々申し訳ない気持ちになってきてしまう。

違う。彼が大事にしたいと思っている女性は自分ではないのだと、言いたくて堪らなくなった。けれど、その相手が今や未来の王妃ともなれば、どんな不利益が彼に降りかかってくるか判らず、アーリアは黙るしかなかった。

着替えを済ませてから寝室を出ると、金色の鳥籠の中でゴシキヒワが可愛らしい声で鳴いていた。

「おはよう」

ゴシキヒワに話しかければ、まるで応じるように鳴くものだから、アーリアは思わず微笑んでしまう。

「あなたは、私の友達ね」

ゴシキヒワはもう一度鳴いた。


一方、ソリュードは招かれざる客の対応に苦慮していた。

一度は追い返せたものの、二度目となればそうはいかない、そんな相手だった。

「随分と、コライユ城に引きこもっている期間が長いように思えてね」

相手はソリュードの従兄弟のリオネルだった。おおよそ心配しているという様子ではなく、何か魂胆があっての行動だろうとソリュードは考えていた。

「引きこもるとは言葉が悪いですね。新婚の時期くらいはゆっくりさせて頂きたいと思うから、こちらにいるというのに」

応接間の大きなテーブルを挟んだ向こう側に座っているリオネルは、ソリュードの言葉を聞いて笑った。

「私は君を心配しているんだよ。あの我が儘な従兄弟には、ほとほと愛想が尽きたのではないかと思えてね」

ソリュードは微笑む。

「リシャールは関係ないですよ」

「本当のことを言えばいい。私はいつでも君の味方だ」

何を突然、とソリュードは笑う。

「君はあの従兄弟のせいで散々な目に遭っているだろう？　昔からそうだ。彼のせいで、いつだって煮え湯を飲まされるような思いをしてきたのではなかったか？」

「いいえ、別に」

「大事なものを、奪われ続けてきただろう？　そしてそれは現在進行形で」

ソリュードはぴくりと眉をつり上げる。彼の言葉に反応してはいけないと判っていたのに、身体が自然に反応してしまった。

「君は、本当にカトリーヌを愛していたのだろう？」

リオネルの言葉を聞いて、ソリュードは口許を引き締めた。

彼の誤解に安堵したが、それを表情に出さないために無言を貫いていると、リオネルは微笑んだ。

「昔からそうだ。あいつは君が大事にするものばかりを欲しがり、権力を振りかざして君から奪った。それはこれからもずっと続くだろう。君はそれでいいのか」

「いいか悪いかはともかく……彼が王子である以上、逆らうことは出来ないですね」

ひとつを除けば、後はどうでも良かった。

これから先だって、気に入ったものを横から奪われていってもたいしたことではないとソリュードには思えていた。

「君は見かけによらずお人好しなんだな。本来あるべきところがあるならば、そこに戻さなければならないと私には思えるんだがね」

「……どういう意味でしょうか」

「カトリーヌを愛しているのなら、君がカトリーヌと結婚するべきだ。そして、アーリアも」

「アーリア？」

なるべく感情を表に出さぬようにして、ソリュードは言葉を続ける。

「彼女は、今や私の妻だ」

「私は、アーリアのことも気の毒に思えているのだよ。家の都合で結婚させられたうえに、一生愛されないだなんて。彼女だって、本気で望んでくれる相手と結婚したかった筈だ」

本当に嫌なことを言う男だと思えた。鼻がきくというのか、こういったことも無意識で言っているのか計算尽くなのかは判らなかったが、人の弱点に敏感だと感じる。

「いったい何が言いたいのか判らないですね」

「君は、リシャールを恨んでいるのだろう」

ソリュードは返答に迷った。あまりこの従兄弟を相手に困らされることはなかったのだが、さらりと受け流して良いものなのかどうなのか、考えさせられるのは初めてだった。

直感的に、何か魂胆があるように思えた。その尻尾を掴むためには、話を合わせるべきだと感じられる。けれど、単なる世間話であれば、恨みなどという言葉には頷くことは出来ない。

しばらく黙っていると、向こうから切り出してきた。

「ミル伯爵も、遠からずリシャールに恨みを抱いている人間のうちのひとりさ。何せ、結婚を申し込んでいた令嬢を奪われる結果を作った張本人なのだからな」

「恨むのなら私のほうでは？」

「彼は君には同情をしているよ」

ミル伯爵とはよく話をしているのだろうか？　彼のことを知っているといった様子のリオネルの物言いに、ソリュードは首を傾げた。

「ミル伯爵とあなたは……いったいどんな話をされているんですか」

「欲しいものを、どうやって奪い返すか。そんな話だよ」

思いがけない彼の言葉に、ソリュードは息をのんだ。

「君がカトリーヌを手に入れ、ミル伯爵がアーリアを手に入れる方法は、どんなものがあると思う？」

人の弱点を嗅ぎ回ることだけが得意だと思っていた男の瞳には、野望の影が見え隠れしていた。

「欲しいものは奪うべきだよ、ソリュード。哀しみの中からでは、哀れみしか生まれない。アーリアだって気の毒だ」

「……アーリアは……」

ミル伯爵との縁談を嫌がっていた。流れの上ではソリュードとの縁談があったから、ミル伯爵と結婚しなかったように見えるが、彼女の話では、ミル伯爵との結婚が嫌だったからソリュードを選んだことになっている。

（駄目だ……アーリアのことになると）

少しも冷静ではいられない。動揺を隠そうとするが相手が悪い。現にリオネルは満足そうに微笑んでいる。

「あなたは何を企んでいるんですか」

「企んでいるとは言葉が悪いな。ただ私は、君たちの幸せを願い、協力をしようと考えているだけなのに」

それこそが余計な話ではあった。

けれどリオネルの性格を考えれば、彼の言葉をそのまま受け取ることなど到底出来なかった。他人の幸せを願うなんていう殊勝な性格はしていない。自分の利益なしに行動をする人物とも思えない。

仮に、花嫁を奪いたがっているとして、自分やミル伯爵に協力をすることで彼にいったいどんな利益が生まれるというのだろう？　そもそも、リシャールと結婚したカトリーヌを奪う方法があるのだろうか？　この国の王子と結婚したカトリーヌが、そう簡単に離婚出来るとは考えにくい。

——リシャールが亡くならない限り、カトリーヌの離婚は難しいと思えた。

（まさか、リオネルの望みは玉座？）

リシャールには男の兄弟がいない。ブルージュ王国では女性が玉座につくことが出来なかったから、リシャールに万が一のことがあれば、王位継承権を持つリオネルにも国王になる可能性が生まれる。

——この男は、そんなに野心家だったろうか。

勿論、王位継承権はソリュードにもあり、現国王の弟の息子である彼のほうが、リオネルよりも順位は上だ。けれど、リオネルのほうが王位継承権の順位が下位であるがゆえに、ソリュードが思いついた仮説がより現実味を帯びてくる。

カトリーヌを餌に、リオネルはソリュードに対して王位継承権の放棄を求めてくるだろう。話の流れがいささか安直ではあるが、おおざっぱで大胆なそれもまた、リオネルが考えつきそうなことであってぞっとさせられた。

「……ところで、アーリアはお元気かな」

ふいにアーリアへと話が及び、ソリュードは背中に冷たいものが流れていくのを感じた。

「このところ、体調を崩しておりまして」

「ほう、それはいけないな」

「……まだ、公にするつもりはないのですが」

「ん？」

ソリュードは顔をあげて、リオネルを見つめながら告げる。

「彼女は、私の子を宿しています」

「それは真実か」

「ええ」

「なんということだ……」

ソリュードの言葉を聞いて、リオネルはがくりと頭を垂れた。

「ですから、私自身も、アーリアとの離婚は考えられません。ミル伯爵にもそのようにお伝え願えますか」

彼の言葉を聞いたリオネルは溜息を吐いた。

勿論、アーリアが妊娠をしているというのは嘘だった。ソリュードは彼女に自分の子を生んで欲しいと考えてはいたが、そのことがアーリアの身体に負担をかけるのではないかと思い始めていて、昨夜は彼女の体内で吐精出来なかった。

「申し訳ありません、今日のところはお帰り頂けないでしょうか。私も、のんびりとここで過ごしたい……出来れば、居住を移したいとも思っているくらいで」

「……それが君の〝望み〟か」

「そうですね」

リオネルに告げた言葉は半分以上本気だった。リシャールから離れ、アーリアと共にのんびりとした時間を送りたい。けれどそれが叶わぬ夢であることも、ソリュードには判っていた。

リシャールがどうこうという以前に、自分がアーリアにしたことを考えれば、どんなふうに償っても許されないと思っていた。

「今日はとてもお天気が良いですね。旦那様がこちらにいらしたら、おふたりでお庭の散歩をなさってはいかがでしょうか」

イリスがベランダの窓を開けながらそんなことを言う。

大きなガラス窓が開け放たれると、さわやかな風が入り込み、アーリアが肩から掛けているレースのショールが揺れた。

「……ソリュードは、こちらにはいらっしゃらないわ。昨日、そう仰っていたのを、イリスも聞いていたでしょう？」

「さぁ……そんなことを仰っていましたか？」

「……言っていたわ。現にいらっしゃらないもの……」

アーリアは手に持っていた丸い輪の刺繍枠をテーブルに置いて、ふぅ……と短く溜息を吐いた。

いつもであれば、アーリアの部屋を訪れている時刻になっても、ソリュードは姿を見せない。想定内のことであれ、すっかり心が乱れてしまい刺繍を刺す手がまったく進んでいない状況だった。そんな彼女の様子を見ていたイリスは微笑む。

「本日は来客があったので、こちらに来るのが遅くなっているだけです」

「そうなの？」

アーリアが顔をあげてイリスを見ると、彼女は頷いた。

「お客様はまだいらっしゃるのかしら？」

「いいえ、午前中にはお帰りになっていますが、その分、普段のお仕事をなさる時間が遅れましたので」

「……大変なのね」

「午後の紅茶を飲む時間はございましたよ。今度から、奥様もご一緒されてはいかがでしょうか」

「駄目よ。私がいると邪魔になってしまうわ」

「紅茶を飲む時間を共にすることが、何故邪魔になってしまうのかが判りかねます」

イリスはにこにこと笑いながら告げてくる。

「だって……」

カトリーヌならいざ知らず、自分が相手ではソリュードも不満だろう。一緒に過ごす時間は、少ない方がいいと思っているに違いないのだから。

「奥様のそういった奥ゆかしいところを、旦那様は好まれたのでしょうか」

奥ゆかしいのではない。自分は望まれていない花嫁だから――。

カシャーン。

金属製の何かが床に倒れる音がして、驚いて音の方を見ると、鳥籠がかけてあったスタンドが横倒しになっていた。

状況が判らずに茫然としていると、倒れた拍子に開いてしまった鳥籠の扉から、ゴシキヒワが飛び出した。急いでイリスがベランダの窓を閉めようとするも間に合わず、ゴシキヒワは屋敷の外へと飛んでいってしまった。

「も、申し訳ございません……っ」

不注意で鳥籠のスタンドを倒してしまったメイドが、青ざめた顔でいる。

「……」

アーリアはソファから立ち上がり、ドレスの裾を摘みながら足早にベランダに出た。

飛び出していったゴシキヒワは、庭の木に止まっている。

「まだ捕まえられるかもしれないわ。イリス、一緒に来て」

アーリアはプラム色のドレスの裾を翻し、部屋を出る。

「お、奥様！　お待ちくださいませ。誰か、網を持ってきてちょうだい」

コライユ城はアルジャン城に比べて造りがコンパクトであったから、部屋から出てすぐの場所に階段があり、アーリアはその階段を使って階下へと降りると、庭に出られるガラス扉を開けた。

「……いるわ、あそこよ」

庭の中程にある大きな木に、ゴシキヒワが止まっている。

「奥様、後は私たちが」

イリスがそう言い、後から網を持ってやってきたメイドと共に庭へと向かった。

（お願い……戻ってきて）

刺繍のデザインをするのに必要だろう――そう言って微笑んだソリュードの顔が脳裏に浮かび、アーリアは祈るような思いでその場所に立ち尽くしていた。

「……何を、している？」

背後から声がして、おそるおそる振り返ると、やや離れた場所にソリュードが立っていた。

今、この場所に一番いて欲しくない人物が現れて、アーリアの表情が硬くなってしまう。もしも、ゴシキヒワを逃がしてしまったことを彼が知ったら、逃がしたメイドが罰せられる。

——それは、ゴシキヒワが捕まえられても、そうでなくても同じような気がした。

アーリアの父であるバレーヌ伯爵は、使用人の失敗は厳しく罰する人間であったため、彼女はソリュードも同様だと考えていた。

イリスたちが上手くゴシキヒワを捕まえて、元通りにしてくれることを祈るしかない。隠し通せるかは判らなかったけれど、ゴシキヒワを逃がしたりはしていない——ということにしなければならないとアーリアは思っていた。

「あ、あの……少し……その、散歩を」

「君が部屋から出るという話は聞いていていないよ」

ソリュードの視線が開け放たれたガラス扉に向けられる。

「——ましてや、庭に出るなんて……」

「ごめんなさい……」

アーリアは外の様子を彼に知られまいと慌てて扉を閉めるが、そんな行動が彼の不審を買ってしまう。

「散歩だなんて、嘘か」

彼が歩み寄って来る前に、アーリアは急ぎソリュードの傍に駆け寄った。

「ごめんなさい、ソリュード。で、でも、散歩は本当で……あなたを待っていたかったのだけど……待ちきれなくて」

「今までそんなことはただの一度も望まなかったのに……随分と判りやすい嘘を吐くのだな」

苦々しい表情でソリュードはアーリアを見下ろした。ロイヤルブルーの瞳は細められ、その強い視線にアーリアは怯みそうになる。

「庭に……何かあるんだな？」

彼女の横をすり抜けようとするソリュードを、アーリアは慌ててその腕を掴んで制した。

「何もありません。そんなことより……その、あなたの部屋で、紅茶を飲ませてください」

「――何？　私の部屋だって？」

ソリュードを庭に出すわけにもいかず、かといってゴシキヒワがいなくなってしまった自分の部屋には彼を招けなかったから、アーリアはそう告げたのだが、余計に怪しまれてしまう。

ロイヤルブルーの瞳が色濃くなり、彼が激昂している様子は明らかだった。けれどソリュードは怒鳴ったりはせず、静かに笑う。

「……まあいいだろう。普段、私に何も望まない君が初めて望んだことだ。叶えてやろう」

腕を掴まれて、アーリアはそのままソリュードの部屋へと連れていかれる。並々ならぬ彼の様子に怯えさせられたが、イリスが庭に出ていることを思い出すと、紅茶を飲むというのもまずいと気付く。

「ソリュード、あ、あの……やっぱり、あなたの寝室に」

アルジャン城では、彼が寝室を使うときは従者を入れなかったため、苦し紛れに願ったのだが、彼女の言葉を聞いたソリュードが声を立てて笑った。

「いったいどういうつもりだ?」

彼は今まで声をあげて笑うことがなかった。それ故に得体の知れないものを感じてしまって、アーリアは身体の震えを止められなかった。

「……君は本当に〝気の毒〟な人だ」

「え?」

気の毒というのはどういう意味なのだろうか? アーリアはそのことを聞けないまま、ソリュードの寝室に連れ込まれる。

水色の綾織りの壁布が貼られた彼の寝室に、足を踏み入れるのは今日が初めてだった。こんなときなのに、彼が使っている部屋の様子が気になってあたりを見回してしまう。彼の部屋はごちゃごちゃとした装飾品が置かれていなくて落ち着く。調度品の数々は高価なものであれ、他人に威厳を見せつけるための彫刻や絵画がなくてほっとさせられるのだ。何より、彼の香水の匂いだろうか? 部屋に入った瞬間ふわりと鼻腔に感じて、ここが彼のプライベート空間なのだと安心させられた。

そんなことを考えているアーリアを尻目に、ソリュードが皮肉げに笑った。

「アルジャン城と同じく、ここには誰もいない。つまり、誰も君を助けてはくれない——籠の鳥だな」

ソリュードは彼女をソファに座らせることなく、そのままベッドが置いてある奥の間へと歩みを進めた。

「さぁ、望み通りにして差し上げた。それでどうしたいのだ？　君は」

天蓋付きのベッドの上に押し倒され、アーリアの細い肢体は弱々しげに横たわる。

策があってのことではなかったから、アーリアはこの状況をどうしていいのか判らずにいた。

「往生際が悪い。君は時間稼ぎをしたかったのではなかったのか？　せっかくその計画に乗って差し上げたのだから、この先どうするのかは、君が言え」

時間稼ぎと言われて、身体がびくりと跳ねてしまう。彼を庭から離したものの、結局何もかもお見通しなのではないかと思えた。

「ソリュード、許して……」

「私は何を許せばいい？」

彼の美しい唇が、忌々《いまいま》しげに歪んでいた。

許せと言うのがそもそも間違いなのだろう。プレゼントして貰ったゴシキヒワを、三日と経たないうちに逃がしてしまった。その事実は変えられず、大事にしていなかったと彼に思われても仕方がなかった。

「ご、ごめんなさい……どんな罰でも、私が受けます」

「……そう」

ドレスの裾が乱れ、しどけなくベッドに横たわるアーリアの上に、ソリュードがのしかかってくる。そして、アーリアの肩から完全に落ちてしまっているレースのショールを、彼は奪い取った。

そのショールは彼からの贈り物だった。だから取り上げられたと彼女は感じる。

繊細に織られたそのショールをアーリアはとても気に入っていて、ドレスは毎日変わっても、肩から掛けるショールはいつでもそれを使っていた。

贈り物を大事にしないから、没収されたのだ。仕方がないとはいえ哀しくなって涙が溢れてしまう。宝石箱に入っているカメオも、返せと言われてしまうのだろうか——。

「ごめんなさい、ソリュード……私」

「君は、私のものだ」

「え？」

レースのショールで両手首を縛られ、ショールの先端部はベッドの柱に縛り付けられる。

「……ソリュード……？」

彼に背中を向けて四つん這いの格好になってしまった。このままここで、鞭打ちをされるのだろうかとアーリアは怯えた。

父親がよくやっていた罰の与え方だった。

従者の失敗、というよりは、屋敷の物品を横領した人間にする罰の与え方ではあったが。

(でも……お父様は……)

罰を与えた後、許すわけでもなく、すぐさま従者を解雇する。当然と言えば当然ではあったけれど、そういった流れを見てきたアーリアは、怯えの色を濃くさせた。

ソリュードは、罰を与えて、自分をモンティエル家に帰すつもりなのだろうか？　それだけは嫌だった。彼から離れては生きていけない。

「ソリュード、お願い、許して」

「許さないよ」

今度は明確な答えを出してきた。そんなソリュードの言葉に、アーリアの涙の量が増える。

「私から逃げようとした君を、どうして許せる？」

「逃げる？」

逃げるつもりは毛頭ない。彼はゴシキヒワを逃がしてしまったことを、言葉を置き換えて述べているのだろうか？

問おうとした次の瞬間、プラム色のドレスの裾を大きく捲り上げられてしまい、アーリアの身体がすくんだ。

尻に鞭を打たれるのだろうかと、恐怖のあまり身体ががくがくと震え始めてしまった。

「私に触れられるのが……そんなに嫌か？　こんなに震えてしまうほど」

下着の上から臀部を撫でられる。

彼の手で触れられることに対しては、恐怖を覚えたりはしない。

「〝可哀想なアーリア〟」

他人事のような声色で彼は告げると、アーリアのドロワーズを膝下までずり下ろした。

「……ひっ」

みっともなく震える身体を、彼女にはどうすることも出来なかった。

「それでも……昨晩は濡れてくれたのに、今日はそうでもないみたいだね」

突然、花芯から蜜口を指で撫でられて、背中がひくりと跳ねる。

「ん……ぁ」

「……可愛い声……君の声は、私を狂わせる」

背後から彼に抱かれ、ソリュードの身体の感触を覚える。布越しでも体温を感じられれば、僅かに安堵する。

（私だって……ソリュードの体温に、狂わされている）

彼の温もりの中で永遠の時を過ごしたかった。手に入らないと思えば思うほど、望む気持ちが強くなる。

「……ん……ぅ」

後ろから抱きしめられながら秘部をまさぐられ続け、しとどになったその部分はソリュードの指をも濡らした。

「濡れてきたね……聞こえるか？」

彼はわざと水音を立たせてアーリアに聞かせた。

「や……ぁ」

ぬちゅぬちゅと淫猥な水音を立たせた直後に、ソリュードの指がぬるりとアーリアの秘部を割る。

「あ……ぁン」

彼がどういうつもりでいるのか判らないから恐怖が拭えない。それでも彼の指が動けば湧き上がってくる愉悦に、声が漏れてしまう。

「アーリア、君の蜜の味も、絶品だよ」

蜜にまみれた指を舐めながら、ソリュードはそんなことを言ってくる。

「ソリュード……？」

「君も、私を味わってみないか」

意地悪く笑ってから、ソリュードはトラウザーズの前をくつろがせて自身の肉棒を引き出すと、それをアーリアの目の前に差し出した。

舐めろということなのだろうか？　だが、そうではなかったら？　とぐずぐずと迷っているとソリュードの手が後頭部に回り、アーリアの顔をその場所に引き寄せた。

「あ……ぁ……ソリュード」

唇を、そっと近づける。すでに凶暴なまでに屹立している男性器は熱っぽく、その熱が彼のものだと思うとアーリアの唇や舌の動きが大胆になってしまう。

「上手だよ。今度は口で咥えて」

こんなに大きなものを、咥えることなど不可能ではないのか？　とアーリアは感じていたが、僅かに開いている唇を割るようにして、ソリュードが口腔内に入り込んでくる。

「ん……ぅ」

「ほら、もっと奥まで咥えて」

無理だ。彼の言う通りにしたかったが、上手く息が出来なくて苦しい。

エメラルドの瞳をソリュードに向け、懇願するように首を左右に振った。

「嫌いな男のものなど、咥えられないとでも？」

ソリュードのそんな言葉にアーリアは驚かされる。彼を嫌いだと、一度だって思ったことがないのに何故彼はそんなふうに言うのだろう？　違うと言いたかったけれど、口が男根で塞がれているため喋られない。

アーリアはもう一度首を左右に振る。

「何が違う？」

彼の手が臀部を撫でてくる。蜜口が淡い期待にひくついてしまうのが判り、アーリアは羞恥で頬を染めた。

「……身体は快楽に従順なのだな。それを君に教え込んだ相手は誰だ？」

半分だけ咥えさせていた陰茎を引き抜き、彼は意地悪く笑う。

「……全部、ソリュードが……」

「そうだ、君がもっとも憎んでいる男が、快楽を教えた」

「私はソリュードを憎んでなど、おりません」

「上手に嘘を吐くね。まぁ……悪くないよ」

「嘘ではないです」

彼の身体が再びアーリアの背後に回る。

四つん這いの状態で、ベッドの柱に腕を繋がれてしまっているから視界が狭い。後ろに回られてしまうと、ソリュードの表情が判らなくて不安にさせられた。

「君のここは、愛らしいね。濡れて……まるで私を欲しがっているようだ」

蜜を溢れさせている場所を彼が見ていると気付かされて、全身が熱くなった。

「み、見ないで……ください」

「夫が妻の身体を見て何が悪い？」

（……妻）

彼はまだ自分を妻と言ってくれる。嬉しいと思えたが、それがいつまでなのかが判らないからやはり不安になってしまう。

もしかしたら、この罰を与え終わるまでかもしれないと考えてしまうと、哀しくて再び涙が溢れてしまった。

「泣いても許さないよ」

秘部に吐息を感じたと思った次の瞬間、ぬるりとした舌の感触をその場所に感じる。

「ん……あぁっ」

すぐさま広がっていく甘美な快感に、アーリアは身体を震わせる。彼の舌先で敏感な花芯を舐められると、どうしようもない気持ちにさせられた。

「あ……あぁ……舐め、ないで」

「そんなふうに言って、やめて貰えるとでも？　それに、やめられれば辛くなるのは君の方だろう」

蜜が溢れる場所をソリュードが丹念に舐め回す。

生ぬるくて柔らかい彼の舌の動きに、アーリアの身体は翻弄させられた。

「あぁ……ン、駄目……」

罰を与えられているというのに、自分の身体は感じてどうしようもなくなる。舌や唇であの場所を舐められ、指が挿入されてしまうと、正気を保ってはいられなくなる。昨夜抱かれた甘美な感触がまざまざと蘇り、体内からはソリュードを欲しがる体液が次々に溢れ出していた。

「……痛くはないか？」

指をゆっくりと出し入れさせながら、ソリュードが聞いてくる。気遣うような優しい声で問われると、それまで溢れていた涙とは違う種類の涙がエメラルドの瞳から零れ落ちた。

「……痛くは、ないです……」

「そうか」

衣擦れの音が聞こえ、ソリュードが上着を脱ぎ捨てる。背後から抱きしめられると、剝き出しになっていた秘部に硬い感触を覚えて、アーリアの身体がこわばった。

「アーリア、君は私のものだ……誰にも渡さない。未来永劫、私の傍に縛り付けてやる」

彼に抱きかかえられていた腰が、ゆっくりとソリュードの挿入を受け入れていく。彼の大きさや硬さに、内壁が待ち焦がれていたように蠢いているのが彼女にも判った。

「ン……あ……ぁ、ソリュード……っ」

永遠に彼の傍にいることが出来るというなら、ずっと縛られていても構わない。彼が誰を愛していても、ソリュードがいない生活には耐えられないと思えた。

「君は、私の妻だ」

後ろから手が回ってきて、花芯を弄られる。そうでなくてもその場所は弱いのに、ソリュードを受け入れながら触れられると、すぐにでも達してしまいそうだった。

「や……ぁ、前、触ら……ないで」

「嫌いな男には触れられたくないか？」

「嫌いじゃ、ない……あぁ……っ」

達してしまうと思った次の瞬間、ソリュードの指が花芯から離される。それでも、湧き上がった愉悦が消えてしまったわけではなく、ソリュードを咥え込んでいる内部は快楽の頂点を知りたがるように燻り続けていた。

「……君の中は凄いな。抱けば抱くほど、私を翻弄する」

そんなことを言いながら、彼はアーリアの身体を抱きしめる。ソリュードの逞しい身体で包み込むように抱きしめられると、愛おしいと思う気持ちが強くなってしまう。アーリアは身体を震わせながら、吐き出すことが出来ない熱い思いを堪えていた。

「アーリア……」

今、自分は、罰を与えられているのだろうか？　それが判らなくなってしまうほど、彼の声は優しく、自分を抱く腕は温かかったのだが——。

「どうして庭に出ようとした？　正直に話しなさい」

彼の問いかけに、一気に現実へと戻される。正直に話すことは出来ないとアーリアは思っていた。

「……散歩を……したくて」

「嘘はいけないと言っている」

「っ、あ、や……ぁあ」

ソリュードが激しく腰を使う。大袈裟なまでの抜き差しは、燻っている内壁を襞の隅々まで刺激してくるようで、湧き上がる愉悦に気がおかしくなってしまいそうだった。

「や……そんなに……しないで、壊れちゃう……」

彼女の言葉を聞いたソリュードは、最奥部まで入り込むと一度身体の動きを止めた。

「痛むのか？」

「い……痛みは、ないです」

彼女の瞳から溢れた涙は、腕を縛られているせいで拭うことが叶わず、ぱたぱたっとシーツの上に落ちて小さな染みを作る。

ソリュードの声は優しかったけれど、表情が判らない分、不安にさせられた。

「アーリア……本当のことを言いなさい」

嘘を突き通せないと観念するが、とはいえ本当のことが言えるわけでもなく、アーリアは唇を噛みしめた。

「君は、私から逃げようとしたのだろう？　そして、庭には君が逃げ出すのを助ける誰かがいた」

思いも寄らないようなことを彼が言い出して、アーリアは目を見開いた。逃げるというのはゴシキヒワの話ではなく、やはり言葉のままのようだった。

「私は、本当に……逃げようとしたわけではないです。そのことは、信じて欲しいです」

「……信じる？」

彼はアーリアの肩に顔を埋めて、くくっと笑う。

「私だって信じたいさ、君が嘘を言っているだなんて考えたくない」

「散歩というのは、確かに嘘です。でも……っん」

　ソリュードの指が花芯を撫でる。嬲《なぶ》るような指の動きに、アーリアの身体が熱くさせられた。

「あ……ぁ、嫌……そんなふうに、触らないで……」

　身体の奥が熱くなってくる。そして、ゆっくりと腰を揺らされれば、湧き上がる愉悦に声が出るのを止められなくなる。

「ああ……ん、ふ……ぅ」

「だったらどうして私の許可を得ることなく、外に出ようとした？」

　それは言えない。と唇を噛むと、ソリュードが最奥を擦りあげてくる。

「や……ぁ、ああ……」

　感じてどうしようもない部分を何度も擦られて、腰を引こうとするも追いかけるようにして突き上げられてしまうから、余計に快楽の虜になってしまう。

「駄目、突かないで……」

　言葉とは裏腹に内部は彼を欲しがり、大きく膨らんだ欲望の塊を締め付ける。ソリュードの硬さを濡襞で感じ続けていると、快楽を追いかけずにはいられない衝動に駆られた。

「あ……あ……」

「君をここから出そうとしたのは、ミル伯爵か？　それともリオネルか？」

　アーリアの身体を背後から揺さぶり続けながら、ソリュードが詰問してくる。けれど、そもそも身に覚えがない話で、ミル伯爵だのリオネルだのと言われても、アーリアは困惑するだけだった。

「私には……ソリュードが何を仰っているのか……ン……判り、かねます」

最奥までアーリアの身体を貫き、ソリュードはゆったりと腰を揺らした。そういった彼の動きは、アーリアをひどく乱れさせるものだった。

「あぁ、や……ぁ」

ぶるぶると身体が震える。叱られているのに、達しそうになっている自分の身体を恨めしく思う。もしかしたら、達することで酷く咎められるのかもと考えられてしまうから、腹の奥から湧き上がる愉悦を逃そうとするが、思うようにいかない。

「駄目……いっちゃう……の……お願い、ソリュード」

「……私は何をねだられているのかな？」

懇願するように告げた声が甘えるような声色で、それを指摘するような彼の返事にアーリアの頬が染まる。

「違うの……もう……動かないで……」

それでも彼の腰は揺れ続け、アーリアの最奥を刺激してくる。そしてソリュードの指も花芯を擦り続けていた。

「ああああっ」

「可愛い声だ。怒りに燃えていても、君のそんな声を聞いてしまうと全てがどうでもよくなるな」

　彼の腰の動きが激しくなり、ぬちゅりぬちゅりと、淫猥な水音が室内に響く。逃しきれなくなった快感が、アーリアを支配しようとしていた。

「やぁ……、いっちゃう……」

「いいよ、アーリア。夫の身体でイけばいい」

　だが、ソリュードは言葉とは裏腹に花芯から指を離し、それまで激しく揺さぶっていた動作をやめて、ゆっくりと腰を動かし始めた。

「あ……ぁあ……」

　緩慢な動きは悪くはないが、達するにはあと少し刺激が足りない。

「どうした？　あれだけイクと啼いていたのにイかないのか？」

　意地の悪い声がアーリアの耳元をくすぐり、耳朶を噛まれる。そうされることでも、ぞくぞくと背筋が甘い痺れを覚えたが、達するには至らない。

「嫌いな男の身体では達することは出来ないか」

「嫌いじゃない……」

「その言葉が真実なら、達せる筈だ」

　そう彼は言うものの、花芯を刺激してくるでも律動を激しいものにするでもなく、アーリアの小さな身体を背後から抱きしめ、とうとう身体の動きを止めてしまった。

「……だ、め……いけないの……」

「私が嫌いだからだろう？」

「違う……ソリュードが……動いてくれないから」

「君が腰を振ればいい」

「──っ」

確かに彼の言う通りではあったけれど、羞恥のあまり、アーリアの瞳には再び涙が滲んだ。

「そんなの……恥ずかしくて、出来ない……」

今、この状況下で腰を振るなど出来やしない。

「嫌いな男の言うことなど聞けないか」

「嫌いじゃない」

愛している。彼はアーリアにとっては唯一無二の人だった。身体が弱く、たいして役に立たない自分と結婚してくれて、無下にするわけでもなく、優しくしてくれる。時々熱っぽい瞳で見てくる彼に、自分のどこかにカトリーヌの面影を探しているのだろうかと寂しくさせられても、彼女にとっては思いを募らせるには十分だった。

「……その言葉が真実なら、出来るだろう」

「ん……う、う……」

涙を溢れさせながらも、アーリアは腰を動かし始める。

(私は、ソリュードが好き)

艶やかな黒髪も、ロイヤルブルーの切れ長の瞳も、口付けをくれる柔らかな唇も、彼女にとってはどれも愛しい。

　彼が訪れる度に寝込んでいるような煩わしい婚約者の妹でも、邪険に扱うことなく見舞ってくれて、そして退屈だったであろう鳥の話も、熱心に聞いてくれた。

　自分ばかりが楽しい時間を過ごしていた。自分だけが、共にいることを喜び、彼をいつまでも部屋で引き留めていたから、カトリーヌはリシャールに気に入られる結果になった――。

　だから、ソリュードの不幸は全部自分のせいなのだ。それが判っていても、溢れんばかりの彼への想いはどうすることも出来なかった。

「ああああっ、ソリュード……っ」

　高められていた身体は、腰を激しく使うことであっけなく頂点を極めた。腹の奥から頭頂まで突き抜けた快楽に全身をわななかせ、アーリアは手首をベッドの柱に繋がれたまま突っ伏した。

　ソリュードの男性器で与えられた快感は、もっと欲しくなるほど甘美なものではあったが、心は満たされず寂しいと思う気持ちを深めるだけだった。

　すすり泣く彼女の頭を、ソリュードが撫でてくる。

「……泣くほど嫌か」

「違う……」

「嘘はいけないと言っているよ」

「嘘じゃない」

「嫌だから、泣いているのだろう?」

アーリアのエメラルドの瞳から零れ落ちている涙を、彼は指で拭う。ソリュードに優しくされれば恋い焦がれる思いが大きく膨らみ、感情をコントロール出来なくなってしまいそうだった。

「……ソリュード」

「動くぞ」

その言葉の直後、ソリュードは律動を再開させる。彼の肉棒で達したばかりの濡襞を擦られれば、大きすぎる快感に思わず悲鳴のような声が出てしまった。

「あ……やぁ……!」

「愛している。君がどれほど私を嫌っても、けして離しはしない」

何が真実で、何が嘘なのかが判らなくなっていた。彼の言葉をそのまま信じたい。自分を愛し、離さないでいてくれる――それが本当だったら、どれほどいいだろう。

「愛しているの……ソリュード……私は、ずっと……あなたが好きだった」

「だったら、真実を言いなさい」

「……っ、ン……真実?」

官能の虜になりつつあった彼女には、ソリュードが問うてきている意味が判らず聞き返すと、彼は苦々しい表情をする。

「君が庭に出ようとした理由を聞かせなさい」

「……それは……」

口ごもる彼女を見て、彼は手首を縛り付けているほうはそのままで、柱に縛り付けていたショールを手早く解くとアーリアを仰向けにさせる。

「逃げようとしたのは、真実なのだろう？」

彼はひどく哀しげな表情をしていた。怒りに燃えているだけなら、妻が逃げて体面を保てなくなることに対して激昂しているのかと考えられるが、哀しげな表情をされれば、そうではないように思えてきてしまう。

「それは……本当に違うの」

「私には、他に理由があるようには思えないよ……今まで従順だった君が、リオネルが来たその日に、いいつけを守らず部屋から出るとするなら――君が逃げる手立てを彼がしたとしか考えられない」

「……今日の来客は、ゲリール公だったのですか？」

「とぼけなくてもいい」

「とぼけてはおりません、それに、私はゲリール公とは先日の晩餐会で会ったきりで……」

それがどうして、彼が自分を逃がすような計画を立てるのか判らない。そもそも彼女がそれを望んでいないから余計に、ソリュードが言っている意味が判らなかった。

「ミル伯爵が、今でも君を望んでいるようだ」

アーリアの疑問に答えるように、ソリュードが告げる。

「どうして……？　私はソリュードと結婚しているのに」

「私が彼なら、君を諦めることなど出来やしない」

ふるっとアーリアの身体が震える。繋がったままでいる場所が、まるで火を付けられたように熱くなった。

「ん……ぅ」

「……私は君を、諦めることは出来ないよ」

耳元で囁かれ、耳朶を甘噛みされる。艶めいたロイヤルブルーの瞳に見つめられ、アーリアには何が本当のことなのかが判らなくなってしまう。

彼が愛しているのは、姉のカトリーヌなのに――。

「あなたの言葉は……真実なのですか……？」

問わずにはいられなくなって聞くと、ソリュードは青い瞳を彼女に向けたまま答えた。

「君を愛している。それこそが真実だ」

「嘘ではないんですか？　だって、私があなたを不幸にした張本人なのに……」

止まりかけた涙が再びアーリアの瞳から落ちる。

「君が傍にいるのなら、私は少しも不幸ではないよ」

「だって、私があなたを部屋に長く引き留めてしまったから、お姉様は殿下に望まれる結果になったのでしょう？」

彼女の言葉を聞いて、ソリュードは驚いたように目を見開いた。

「……君は、そんなふうに思っていたのか。それは違う、君のせいではない」

「違わない……あなたは、優しいから……そう言ってくださるだけで……私の罪はひとつだって消えない」

「君は罪を犯したりしていない」

「全部、私が悪いのに……あなたを辛くさせてしまっているのに、わ、私は……私が」

ぼろぼろと涙を零すアーリアを、ソリュードがきつく抱きしめた。

「君は悪くないよ」

「ごめんなさいソリュード。それでも、私は……あなたから離れられない……」

「泣かなくていい……だけど、その言葉に偽りがないのなら、どうして部屋から出たのか教えて欲しい」

「……それは……」

「頼む。私は君を信じたいんだ……だから、身の潔白を証明して欲しい」

アーリアは悩んだ。悩んで悩んで……悩んだ末に、ソリュードを見た。

「お話しします。でも、約束をしてください」

「……どんな約束だ？」

「誰にも、罰を……与えないと。そうでなければ、私はお話しすることが出来ません」

彼女の願いを、ソリュードは難しそうな表情で聞いていたが、やがて小さな溜息と共に頷いた。

「判った……誰にも罰は与えない」

「ありがとうございます……実は、ゴシキヒワを……逃がしてしまったんです」

「え？　ゴシキヒワだって？」

アーリアの言葉を聞いたソリュードが、呆気に取られた表情をしている。

「籠がかけてあるスタンドを誤って倒してしまい、扉が開いた拍子に逃げてしまったんです……たまたま、部屋の空気を入れ替えようとしていたときだったので……ごめんなさい。あなたにプレゼントして頂いた、大事な鳥だったのに」

「……君が部屋を出たのは、まさか……鳥を追いかけてのことだったのか？」

「あのときは無我夢中で……庭の木に留まっているゴシキヒワを追いかけてしまいました……捕まえられるかもしれない、そう思ってしまったので」

ソリュードは視線を泳がし、大仰な溜息を吐いた。

「……なんていうことだ」

「ごめんなさい……」

「いや、鳥が逃げたことは、どうでもいいんだよ。だったら、君が私を庭から遠ざけようとしたのは何故だ？　どうしてすぐに言ってくれなかった？」

「あなたが、罰を与えると思ったからです」

「けれど、逃がしたのは君ではないだろう？」

アーリアはそろりとソリュードを見た。確かに逃がしたのは自分ではないけれど、メイドがやってしまったと言えば、彼は約束を破るのだろうか？　不安になった。

「……いいえ、逃がしたのは、私で」

「嘘は駄目だ。本当のことを言ってくれ——約束は守る」

アーリアのエメラルドの瞳をじっと見つめながら彼が告げる。

「ごめんなさい……逃がしたのは……私ではありません。従者の不注意で、鳥が逃げてしまいました。私の父は従者のミスに厳しい人だったので、隠し通せるなら、隠しておきたいと考えてしまいました。庭には鳥を追いかけて網を持った従者たちがおりましたので、あなたに見られたくなかったんです」

「君の嘘は、従者を庇ってのことだったのか？　従者を庇い、自らが罰を受けると言ったのか？」

「……はい、そうです」

「馬鹿な」

ソリュードはぎゅっと彼女を抱きしめた。

「怒りに任せて……私はなんてひどいことを君にしてしまったんだ」

「……私は、大丈夫ですよ、ソリュード。でも、もしよかったら……ショールを解いては頂けませんか？」

「あ、あぁ……判った」

きつく両手首を縛り付けていたショールが解かれ、アーリアはほっと安堵の息を漏らす。彼女の白い肌が赤くなっているのを見て、ソリュードは手首に口付けた。

「すまない、君の肌を痛めつけてしまった」

「大丈夫です。元はと言えば、私がいけなかったのですから」

「……違う、私の狭量さがいけないんだ。判ってはいても、君のこととなると、抑えきれなくなってしまう。許して欲しい」

今まで見たことのないような彼の必死な形相に、アーリアは愛情を感じてしまう。普段は冷静な彼が、感情を乱す様子は心地良かった。

彼女は腕を伸ばし、そっと彼の身体を抱きしめる。

「大好き、ソリュード。愛しています」

しばらくの間、ソリュードは黙ったままだった。その沈黙が永遠のものになるのではないかとアーリアが不安を覚え始める頃、彼はぽつりと語り始める。

「……アーリア、私は最初から……君のことしか愛していなかった。許されることではないと判っていながら、他に方法がなかった……」

「ソリュード……？」

ロワール宮殿で行われた舞踏会。彼女の社交界デビューの日、応接間で会話した男性がソリュードだったことを、アーリアは初めて聞かされた。

リシャール王子の悪癖の内容や、何故ソリュードがカトリーヌを婚約者にしなければいけなかったかの理由も聞かされる。

当事者のソリュードでなければ理解出来ないような内容であったため、アーリアにも理解するのが難しいことだった。それでも――。

「……あなたを辛くさせていないのなら、良かったと思えます」

「私のような卑怯な男を、あっさり許していいのか」

「お姉様がどのようにお考えになられるかは判りませんが、私はあなたを……お慕いしておりましたから……」

嘘で塗り固められていたため、見えなくなってしまっていた真実。彼の愛情がはっきりとアーリアにも判って安堵させられた。

「……私は、ずっと、ソリュードの傍に居てもいいんですね？」

「君を離さないし、絶対に逃さない。何処に逃げてもそれが地の果てだとしても追いかけて捕まえるよ」

そんな彼の返事に、アーリアはふふっと笑った。

「私は逃げません」

「そうしてくれ、君が逃げ出そうとしていると思っただけで、こんなふうになってしまう男だ……本当に君が逃げたら、どうなるか判らないよ」

アーリアの体内に埋め込まれていた熱の塊がゆるゆると抜けていく。

「……ソリュード……抜かないで」

「抜いて貰えると、思ったのか？」

次の瞬間、彼に突き上げられて、アーリアの身体が快楽に震えた。

「ひ……ゃ……あ」

律動が再開され、甘美な毒が全身に回っていくようにして彼女は熱に浮かされた。最奥を突き上げられて湧いた愉悦に感情が高まっていく。

「……愛しているよ、アーリア。私が愛しているのはいつだって、君だけだ」

「……っん……あ、あぁ……」

ソリュードの逞しい腕に抱かれて、この時間が永遠に続けばいいとアーリアは願う。ずっと彼の腕に囚われて生きていきたい——。

「あなたが好き……あなたの傍でなければ……私……生きられないの」

「……アーリア」

唇が重なり合い、舌を絡ませ合う。繋がった肉体を貪るように腰を使われれば嬌声があがった。

「あぁ……あ……あああ……っ」

「気持ちいいよ……アーリア……出したくなる」

彼の言葉を聞いて、アーリアはソリュードに目を向ける。

「出してください……全部、注いで……」

きゅうきゅうと濡襞が彼の膨らみきった男性器を締め付ける。ソリュードはその感触に射精を堪えるように眉根を寄せた。

「……っは……アーリア……」

「中に、欲しい……ン……ぁ」

アーリアは最奥を突き上げられ、再び達しそうになっていた。快楽も欲しい。けれどソリュードの子種も欲しかった。そうする価値があるのだと、彼に思って欲しかった。

大きく広げられたアーリアの左右の足の中央で、ソリュードはしなやかに身体を揺すっている。彼と擦れる感触が堪らなくよくて、彼女のつま先に力が入った。

「あ……ああン……」

「ふ……アーリア……あぁ、いい……」

呻くように彼は言いながら彼女のドレスの前をはだけさせると、両方の乳房を揉みしだく。

「あ……あン……胸……、あ……っ」

興奮で立ち上がっていた淡い色の乳首を、彼は吸い上げる。ちゅうちゅうと吸われて敏感な部分を刺激されれば、はしたない声が出てしまう。

「あ……あ、ふ……ぁ……ソリュード……出して……」

「……そんなに欲しいのか？」

「欲しい……の……わ、たしを……真実、あなたの妻だと……思ってくださっているのなら……昨日のように……外で、出さないで……」

アーリアが告げた言葉に対して、ソリュードは微笑む。

「君は私の妻だ……だから……」

ふいに手を取られ、結合部分に触れさせられる。蜜にまみれた太い幹が、柔らかな秘肉を何度も突き刺している——それを指でも感じさせられれば、興奮で気がおかしくなりそうだった。

「……あぁ……ソリュードの……大きい……ので、突かれて……」

「可愛いね……」

ふっと彼は甘く息を吐き、逃しきれなくなった快感に再び眉根を寄せた。

「そのまま……君の感じる部分を弄りなさい……」

「……ん……ぅ」

教えるようにしてアーリアの指を花芯に触れさせる。初めて触れるその場所だったが、僅かに触れるだけでも大きな快楽が湧いて、羞恥を覚えながらも指を動かすことを止められなかった。

「あ……あぁ……」

ソリュードは上体を起こして、彼女が指で花芯を刺激している様子を眺めた。

「凄くいい光景だ……」

「ん……ぁ……やぁ……見ないで……」

「聞こえない……」

腰の動きを速められると、どんどん追い詰められていく感じがした。頂点に押し上げられているという感覚が、彼女の指の動きを大胆にさせる。いつも彼がしてくれるように、花芯を押しつぶすようにしながら指を動かせば、大きな愉悦が湧いて淫らに腰も揺れた。

「あ……あぁ……や……ぁ……い……く……ン」

背中にぞくぞくとしたものを感じた直後、アーリアは再び達する。全身が快楽に震え、受け入れ続けている彼の男根をきゅうきゅうと締め付けた。

「……っ、は……出すぞ」

濡襞が強く締め付けていた陰茎が、びくりと跳ねる。

内側に吐き出された彼の体液は、彼女が受け止めきれなかった分は溢れ出し、臀部を伝ってシーツに淫猥な染みを残すことになった。

「……あ……ふ……ぁ」

繋がったままでいる部分の余韻に浸りながら、アーリアはソリュードの身体を抱きしめる。

「……私、あなたの傍に……」

「ずっといてくれ、アーリア。私は君なしではいられない」

彼が自分との結婚のために利用した姉のことを思えば、手放しには喜べない。けれど、今は溢れ来る幸福に酔いしれたいと思えて、アーリアはソリュードの身体を強く抱きしめた。

「君を思うと冷静でいられなくなる……こんな私を許して欲しい」

アーリアが渇望していた永遠が、今、腕の中にあった。

最終章　わがままな偏愛

翌日。再びコライユ城は、突然の来訪者に揺れていた。今度の来客はリシャールとカトリーヌだった。

勿論、追い返すことが出来るような相手ではなく、ソリュードは対応する羽目になる。アーリアには自室にいるよう命じ、客間に彼らを迎え入れた。

「ご夫婦揃って、本日はどういったご用件でしょうか」

リシャールの機嫌があまりよくないように思えて、ソリュードは様子を見ながら語りかける。彼はソリュードの正面のソファに座り、足を組んでいた。カトリーヌはその隣に優雅な様子で座っている。

「昨日、リオネルが来ただろう」

「……ええ、そうですね」

言葉を短く済ませたことが気に入らないのか、リシャールは苛々したような琥珀色の瞳をソリュードに向ける。

「〝そうですね〟ではないだろう。おまえがコライユ城に滞在するときは、他の人間を寄せ付けないようにしたかったからではないのか？　だから、私はおまえに会いたいのを堪えて、ここに来なかったというのにどういうことだ？　私の知らぬところでいつの間におまえたちはそんなに親密になったんだ」

「え？」

と、しか返しようがなかった。親密も何もリオネルは従兄弟だ。二の句が継げずにいると、リシャールは立ち上がり、やはり苛々したようにその場で歩き回る。

「私が知らないところで、おまえがあいつと楽しんでいたのかと思えば腹が立つ」

「楽しんではおりません」

「昨日、あいつが私のところに来て、おまえが住居をここに移したいと願っていたと言っていたぞ」

「……確かに、リオネルにそのように言いましたが、それは」

何か言い訳をしなければならないと思って言葉を探していると、リシャールが憤慨した様子で怒鳴った。

「そうであるなら、何故私に直接願わない。何故、第三者を通す必要がある？」

「……リオネルに頼んだのではなく、どちらかと言えば、話の流れで、そうしたいと言ったまでです」

「私のいないところで、いったいどんな話をしていたらそうなるんだ！」

突然、リシャールが呟き込む。それが怒りからなのか別の理由なのかが判らずに、ソリュードはソファから立ち上がった。

「大丈夫ですか、リシャール」

「うるさい、私の質問に答えよ」

息苦しそうに咳き込んでいる彼の様子に、ソリュードは不安にさせられた。もしや、リオネルがもう策を講じたのだろうか？

「ソリュード……殿下はここのところ体調を崩されているのですよ。殿下、お身体に障りますわ、お座りになって」

リシャールの傍に歩み寄ったカトリーヌが、ソファに座るよう促す。リシャールはしぶしぶながらもソファに腰掛ける。

「体調はどんな具合なんだ？　リシャール」

「私のことは構わぬ。昨日、何を話していたのか正直に言え」

ソリュードは彼の激昂ぶりに、何かこちらに対して疑念を抱いているのではないかと感じられた。

もともとリシャールは穏やかな人物ではなく、気性の激しいところはあったが、こうも感情を剥き出しに怒る様子は初めて見る。それ故に、リオネルは本気で玉座を狙っているのではないかと思えてしまう。そのことをリシャールが勘付いているからだとすれば、余計な嫌疑をかけられて、ソリュードの身も危うくなる。

（私だけならともかく……）

脳裏にアーリアの姿が浮かんだ。誰よりも愛おしいアーリア。美しい声でさえずる小鳥のように愛らしい彼女を、リシャールも気に入った様子であったから、何かを理由に奪われはしないかと警戒を強めていた。

「……言えないのか」

けほっと小さな咳をしてから、リシャールはソリュードを睨む。

「言えないというよりは、世間話をしただけなので」

「嘘を吐くな、隠し事もするな。おまえがそういう態度を取れば取るほど、私は寛容ではいられなくなる」

琥珀の瞳にかかる前髪を鬱陶しげに指で払い、リシャールは溜息をついた。

（寛容ではいられなくなる……？　やはり、私に何か嫌疑がかけられているのだろうか）

王太子の暗殺は未遂であってもただで済まされない。

口が重くなってしまったソリュードを見て、何故かカトリーヌが笑った。

「ソリュード、殿下は拗ねていらっしゃるんですわ」

「余計なことを言うな」

肘置きの上で肘をついていたリシャールは、面白くなさそうにぷいっと横を向く。一方のソリュードは呆気に取られていた。

「拗ねる、とは？」

ソリュードの問いかけにリシャールが答える様子がなかったため、代わりにカトリーヌが答える。

「殿下はここ数日、風邪のために熱を出されておいでした。高熱が出ているのに、いつも傍にいるソリュードがロワール宮殿にいらっしゃらないから、大変心細い思いをなさったんですよ」

風邪、というはっきりとした病名を聞いてソリュードは安堵する。リオネルが何かしたわけではなかったのだ。

「それは申し訳ありませんでした。呼べば駆けつけたのに」

「心にもないことを言うな」

「本当ですよ」

「嘘ばかり言うな！　おまえは本当は私が嫌いなんだろう？」

「いいえ、そんなことはありませんよ。リオネルにそのようなことを吹き込まれましたか？」

リシャールは言葉を詰まらせた。

「リオネルの言葉に惑わされるなんて、あなたらしくない」

「……今回のことは、さすがに……酷いことをしたと思っている」

ぽつりと告げた彼に、ソリュードは首を傾げる。

「なんの話ですか」

「カトリーヌをおまえから奪ったことだ」

「……あぁ……」

これまでだって幾度となくソリュードの想い人や恋人を奪ってきた彼なのに、今回だけは反省する様子を見せているのはカトリーヌが〝婚約者〟だったからなのだろうか？

確かにリシャールが原因で図ったことではあるけれど、仕掛けたのはソリュードのほうであるから、彼が気に病む様子を見せてくると心が痛む。とはいえ、カトリーヌの手前、気にするな、とも、今はアーリアが妻だ、とも言えなかった。しばらくソリュードが黙っていると、リシャールが重々しく口を開く。

「……当初の予定通り、カトリーヌとおまえを結婚させるべきなのかもしれない。だが、今の私はカトリーヌを手放せない。妻としても王太子妃としても、彼女以上の女性はいない……許して欲しい」

さきほどまで怒鳴り散らしていたかと思えば、今度はうなだれてしまった。感情の起伏が激しすぎるのは、体調が思わしくないせいなのだろうか。

「体調がお悪いのでしょう。早く宮殿にお戻りになったほうがいい」

「許してはくれぬのか」

うなだれていた面を上げ、リシャールはソリュードを見つめる。

彼が縋るような瞳で見てくるのは幼少期以来だと、ソリュードは感じていた。

「……ひとつだけ、誓って頂けるのでしたら、私はあなたを許します」

「願いではなく、誓いか？」

「そうです」

「判った。何を誓えばいい」

またとない好機だった。カトリーヌの手前……などと言って逃せるものではなかった。

ソリュードは一度深呼吸をしてから、ゆっくりと告げる。

「次代の国王となるあなたの名にかけて、私からアーリアを奪わないと誓ってください」

「アーリア？」

「……そうです。誓えませんか？」

「ああ……いや」

不思議そうな表情をしていたリシャールではあったが、気を取り直したように背筋を伸ばした。

「リシャール・ド・ブルージュの名にかけ、ソリュード・ヴァムドールの妻、アーリアを奪わぬと誓おう」

「……ありがとうございます。殿下」

「よしてくれ。元はと言えば私が悪い……ミル伯爵にも、アーリアを諦めるよう、私から言っておく」

ミル伯爵の名前が出てきて、ソリュードは苦笑いをする。

「ええ、是非。彼が諦めてくれるかは判りませんが」

「ミル伯爵が欲しがっているのは、アーリア自身ではなく彼女の作品だ」

思いも寄らないような話の内容に、ソリュードは驚かされる。

「作品ですか?」

「おまえたちを虜にする彼女の刺繡を、是非、私も見てみたいものだな」

「ミル伯爵が、アーリアの作品を欲しがっているという話は初耳です」

「そうなのか? 彼女の処女作である〝薔薇園〟のタペストリーを購入したのは彼であるし、薔薇と青い鳥のタペストリーを譲り受けることが出来なかったのを、ひどく悔しがっているという話をリオネルから聞いている」

「知りませんでした……」

ソリュードの言葉を聞いて、リシャールは満足そうに笑った。

「リオネルから居住を移す話を聞いたときは、そんなことを相談するほど仲がいいのかと腹が立ったが、そうでもないようだな」

「彼はあなたとは違い、単なる従兄弟に過ぎない」

「いい言葉だ。リオネルは何かにつけて、おまえと仲がいいような言い方をするから気にくわない」

「え?」

他人の弱みを見つけるのが上手い男が、リシャールに対して、自分の話をするのはどういうことなのだろう？

リシャールが再び呟き込む。

「今日のところはお帰りください。明日以降、見舞いに行かせて頂きますので、身体を休めるようにしてください」

「そうか、楽しみに待っているから、必ず来い。そうだ、皆でカードゲームをしよう」

嬉々とした表情で告げるリシャールを見て、ソリュードは思わず笑ってしまった。

「……そのときは、アーリアも是非連れてきて頂けませんか。仲間はずれにするのは、あの子も哀しみます」

咳き込んだリシャールの背中をさすっていたカトリーヌが、ソリュードに願った。ソリュードが答えられずにいると、リシャールが苦笑いをする。

「誓いは立てた。それにもう、無理に歌えなどと言わぬから安心しろ」

「そうですか、判りました……それではアーリアも一緒に」

ソリュードの返事を聞いたカトリーヌは微笑む。

「安心しましたわ、あなたが愛しているのがアーリアで……」

意味深な言葉を残し、カトリーヌはリシャールと共にコライユ城を後にした。

――カトリーヌには、何もかもお見通しだったのだろうか。

ソリュードは苦笑いをしながら、アーリアの部屋へと向かう。彼女の部屋の扉を開けると、鳥籠の中のゴシキヒワが鳴いた。

「今日は逃げ出していないようだね」

開口一番にそんなことを言うソリュードに、アーリアは笑った。

「窓は開けないようにしました」

「それはいけないね。たまには空気を入れ替えなければ」

ふたりは微笑み合った。

どんなことであれ嘘はいけない。疑心暗鬼になって相手を信じられなくなってしまうから。

ソリュードは腕を伸ばし、アーリアを強く抱きしめた。

「アルジャン城に戻ろう」

「……はい」

アーリアは彼の腕の中で、嬉しそうに笑っていた。

エピローグ

アルジャン城のソリュードの寝室で、アーリアは時計のネジを巻いていた。

コライユ城から戻ってきても、時計は正確な時刻を指している。

「今日は楽しかったですね」

ネジを巻き終わってから、すぐ傍に立っているソリュードに話しかけた。

「そうか？　疲れただろう。いつまでも相手をさせられて」

「いいえ、とても楽しかったです。殿下も優しくしてくださいましたし……何より、ソリュードの幼少期のお話を聞けたことが嬉しかったです」

「……そういうものか？」

「はい、好きな人のことは、少しでも多く知りたいと思えますので」

「……なんだって？　よく聞こえなかったな」

「え？」

彼の手を借りながら、アーリアはスツールから降りる。

自分の声はそんなに小さかっただろうかと、疑問に感じながらも彼女はもう一度同じことを言った。

「少しでも多く知りたいんですよ……」

「そこは聞こえていたよ」

「あ、そうでしたか、すみません。好きな人に関するお話は、たくさん聞きたいっていう意味だったんですけど」

ふふっと彼が笑う。そこでようやく、わざと二度言わされたのだということに気が付かされる。

「……ソリュードは、意地悪です」

「愛しているよ、アーリア」

ふんわりと抱きしめられて、耳元で囁かれた。

「愛しています」

アーリアもソリュードを抱きしめた。

彼の寝室には、例の鳥籠モチーフの時計が置いてあった。そしてサイドテーブルの上には、彼女がソリュードにプレゼントした、青い鳥の絵のリモージュボックスがある。

大事なものだったから隠しておきたかったという彼の説明を受けて、気に入らなかったわけではないと知って安堵させられた。

「本当は君のことだって、隠しておきたいんだよ。誰にも奪われたくないから」

「でも、ミル伯爵が欲しいのは私ではなく、私の作品だったのでしょう？　ゲリール公にしても……恐れ多いことです」

彼女の知らないところで、奪われた花嫁を取り戻そうという話がされていた。けれど、それも結局、リオネルがアーリアの作品の価値を知り、ミル伯爵に協力をすることで彼女の作品を譲り受けたいという考えからの行動だった――らしい。

「私は少し、考えすぎてしまうようだ。リオネルにしても……私的な目的ありきで行動する人物ではあっても、玉座を狙うほどの人間ではないのだから」

アーリアは微笑んだ。

「最近はとても体調がいいので、私はもっとたくさんの刺繍が刺せるように頑張りますね」

「刺繍をするのは結構だが、君の作品を他人にくれてやったりはしない。ミル伯爵にも、勿論、リオネルにも」

ソリュードの独占欲は、アーリアの作品にまで及ぶようだった。

「でも……」

せっかく自分の価値を見いだせたというのに、それを世に公表しないのはないものと同じだ。自分のためではなく、ソリュードの妻として世間に認められるような付加価値がアーリアは欲しかった。

「付加価値などいらない。君の素晴らしさを知っているのは私だけでいい……そうでなければ、君を閉じ込めておかないと気が済まなくなってしまう」

近頃では、ソリュードが一緒でなくても外出が出来るようになっていた。

外出と言っても、リモージュボックスの工房に行ってソリュードへの贈り物を作って貰う程度で、頻繁に外出をしているわけではなかったけれども。

「君が考えている以上に、私は君に対して並々ならない執着心を抱いているんだよ」

「それは……とても嬉しいことなのですが……」

「……アーリア」

彼が自分の名を呼ぶ声が甘くなった。耳元で愛を囁かれれば、腰から下が痺れてしまい立っていられなくなる。

「愛しているよ」

「あ、愛しています……」

「……可愛いね……」

ソリュードの指がアーリアの顎を持ち上げた。口付けて貰えるのだろうと感じたアーリアは、目を閉じてその瞬間を待ったが、いつまでたっても唇が触れてこない。不安になって目を開けると、彼は艶めいた笑顔を見せる。

「君のその、不安げな表情はとてもいいね。そそられるよ」

「意地悪をしないでください」

「意地悪かな……ほら、君の表情だけで……」

アーリアの手を取ると、ソリュードは屹立した部分に触れさせる。すでに熱を持って硬く膨らんだ欲望の塊に触れさせられると、アーリアはどうにもならないような感情に支配されていく。

赤くなった彼女の頬を見つめながら、ソリュードは微笑む。

「欲しいか？」

誘惑の声が耳に届くと、これから与えられるであろう甘美な快感に対する期待で、身体がふるふると震えてしまう。

「ほ、欲しい……です」

彼女が答えた次の瞬間、身体がふわりと浮いて、抱きかかえられたまま奥の間に連れていかれる。

天蓋付きのベッドにおろされるやいなや、ソリュードは欲望にたぎる瞳でアーリアを見つめてきた。

「君は、前から抱かれるのと後ろから抱かれるのと、どっちが好きだ？」

「……前から……です」

「そうか、私も君の顔がよく見えるから、前からのほうが好きなんだよ」

ソリュードはそんなことを言いながら、シュミーズドレスの紗の帯をするりと解き、アーリアの白磁のような白い肌を晒した。

「君の肌は、本当に美しいね。滑らかで、触れずにはいられなくなる」

「……あ、あなたの……好きなように、してください」

「好きなように？」

彼のロイヤルブルーの瞳が意地悪く細められる。ソリュードがそんな表情になるときは、決まって酷くされる。

「でも……優しく、してください……」

「いつだって私は、優しいつもりなんだけどね」

ドロワーズも脱がされ、アーリアは一糸纏わぬ姿になる。そして彼女の裸身を眺めながら、ソリュードもシャツやトラウザーズを脱いだ。男性らしい逞しい肉体を見せつけられると、それだけでアーリアの身体は高まってしまう。

「息が乱れているね」

彼は微笑む。呼吸の乱れが期待感からだということは、すでにお見通しのようだった。

「……愛しているよ……」

全裸になったソリュードは、アーリアの首の後ろに腕を回し、彼女の肩を抱いて自分の身体に引き寄せた。

瘦身でありながらも筋肉はしっかりとついている彼の身体は、溜息が漏れるほど美しいと思えた。しかし、彼の一部である男性器は、見るのが少し恐ろしいと思うほど猛々しく勃っていて、挿入されるまでは巨大さに不安を覚えるものだった。

「アーリア、触って」

ソリュードはアーリアに屹立している男根に触れさせる。そうでなくても十分な大きさだと感じられるのに、アーリアの指が触れるとその部分は益々硬く膨らむ。

「怖い？」

ソリュードは彼女の様子を見ながら、面白そうに聞いてくる。小さく頷くと、彼は笑った。

「すぐに気持ちよくしてあげるよ……」

額にキスをされ、彼の唇が少しずつ下に降りてくる。瞼、頬、そして唇。短い口付けを何度か交わした後、濃厚なものへと変わっていく。ぬるついた生温かい舌先で口腔内をくすぐられれば、そこで感じる快感はない筈なのに、蜜口から蜜が溢れ出てきてしまう。

「アーリアは、キスをするのが好きだよね」

指先が蜜口に触れ、たっぷりと蜜が溢れているのを確認しながら彼は言う。

「こんなに濡れて……凄いね」

ソリュードの指が秘肉を割り、アーリアの内部に挿入される。最近では、ソリュードの長い指で擦りあげられるだけでも達してしまう。今夜も、そうなってしまいそうな予感がした。

「あ……あぁ……あ」

「……もっと締めてみな」

彼の言葉通りに、下半身に力を入れると、内壁がきゅうっとソリュードの指を締め付ける。

「いいね……襞が絡みついてくるみたいだ」

そんなことを言いながら、指の本数を増やしてきた。彼の中指と薬指をぎちぎちに咥え込んだ状態で、ソリュードの親指の腹が花芯を弄ってくる。

「あ……ああン……や、ぁ……それ、されると……っ」

「イクんだろう？　いいよ、達した後に、もっと大きいのを挿れてあげる」

握らされたままの肉棒が、びくびくと脈打つ。彼の興奮が判ると、アーリアも高まってしまい、なんともあっけなく彼女は達してしまう。

「あ、あああ……っ」

「──可愛い声」

ソリュードはアーリアの股を割り、中央に自身のものを宛がうと一気に彼女を貫いた。

「ひ……っ、や……あああっ」

「達した直後のアーリアの中って、本当、凄い。ひくひくしていて気持ちいいよ……」

端整な顔立ちのソリュードが漏らす淫猥な言葉に、アーリアは余計に興奮させられた。

「あ……あぁ……は、ぁ……ン……ソリュード……っ」

大袈裟に抜き差しをされて、突き上げられる度に彼女の胸の膨らみが揺れる。そんな様子を見ていたソリュードが微笑んだ。

「アーリアの……身体は、本当に……やらしくて、そそられるよ。君を見たら、どんな男だって、抱きたくて堪らなくなるだろうね」

「あ……あ、ぁん……そんなこと……ない……ン」

「……私を獣に変えた張本人が、何を言う……」

「ひ……ゃ、あ……あああっ」

胸の膨らみの柔肌に、やんわりとソリュードが歯を立てる。

「美味しそうだ……食べてしまいたくなる」

「だ、駄目……っ」

「判っているよ、そんなことはしない」

今度は胸の頂《いただき》を吸い上げる。ソリュードに吸われると、内部の快楽が強まってもっと彼が欲しくなってしまう。

「あ……あああぁん」

「……ずっと、抱いていたいよ……昼も夜も……」

腰の動きを激しくさせ、内壁のあらゆる場所を知り尽くそうとするような彼の動きに、アーリアは首を左右に振った。

「駄目……壊れちゃう……っ」

「頭の中がおかしくなりそう……という意味か？　それともねだっているのかな」

以前であれば身体を気遣ってくれたのに、近頃の彼は容赦なかった。そのまま腰を使われ続け、ずちゅずちゅと淫猥な水音が室内に響き渡るほどになってくると、アーリアの意識は乱れ、羞恥に勝る欲望で淫らに彼を求めていた。

「あ……ふ、ぁ……奥、熱い……の」

「奥をもっと突いて欲しいのか」

「ん……も、っと……」

長大な肉棒が彼女の柔肉を突き上げる。堪らない快感が湧いて、アーリアの細い腰も動き始めていた。

「ふ……ぁ……あああ……ソリュード……好きっ」

「嬉しいよ、私の身体を気に入ってくれて」

そうではない。彼の男性器の話ではない、とソリュードも判っているだろうに、そんな言い方をしてくる。

「意地悪……っ」

「ふ……もっと愉しんでくれていいよ」

彼に腰を抱きかかえられたと思った次の瞬間、身体が起き上がらされアーリアがソリュードの上に乗る格好になった。

「あ……はぁ……や……この格好は嫌なの……」

「私は好きだな」

欲望に濡れたロイヤルブルーの瞳が、誘うように彼女を見つめている。

「君が淫らに私を求めてくれるから」

「……それが、恥ずかしくて……嫌なのに……」

そうは言ってもすっかり快楽の虜になっている状態では、別のことに気を取られている余裕はなかった。ソリュードの上に跨ったまま弧を描くように腰を使ったり、前後にくねらせてみたりと、色んな角度で彼の男根の感触を愉しまずにはいられない。そしてそんな彼女の様子を、ソリュードが愉快そうに見ているのが判っても、腰を振るのをやめられなかった。

「……や……見ないで……ッ」

「気持ちいいよ、アーリア。もっと動いて」

「ん……っ、ふ……ぁ、あああぁっ」

達するまではあっという間で、深々と彼の男性器が挿し込まれた状態でアーリアは快楽の頂点を極める。二度目の絶頂にぶるぶると身体を震わせながら、アーリアはソリュードの身体の上に倒れ込んだ。

「あ……ぁ……ソリュード……」

「アーリアの身体は本当に敏感だね」

彼女の身体をゆっくりと横倒しにしてから片足を持ち上げ、抽挿を再開させる。

「あぁっ……、ま……って」

「待てないよ……達した後の君の中が、とても好きだと言っただろう？　締め付けが凄くて……堪らないんだよ」

そんなことを言いながら、ソリュードは腰をくねらせた。最奥を突かれるのも、濡襞を掻き混ぜられる感触もよすぎて、アーリアは喘いだ。

「あ……ああン……あぁぁ……」

彼女が喘ぐ度、内壁がきゅうきゅう締まるのがアーリアにも判った。そして締め付ける度にソリュードの男根がいっそう膨らむのも、彼女は内側で感じ取っていた。

「はぁ……凄い……アーリア、それ、凄くいい……君の中でしごかれて……私もいきそうだ」

「……ソリュード……あぁ……お願い……」

「ん？」

「な、中に……欲しいの」

彼が外で吐精したのはコライユ城での一夜限りではあったが、アーリアはあれから確認せずにはいられなくなっていた。

「判っているよ。私の子が産めるのは君だけだからね……たくさん出して、早く、君に似た可愛い子が欲しいよ……きっと、男子でも女子でも……可愛いだろうね」

「わ、私は……あなたに、似た……子が欲しいです」

「そうか、だったら君には頑張って貰わねばならないな……昼も夜も、私の子種を受け止めて――」

「それは……こ、われてしまいます」

とはいえ、甘美な快楽への期待からか、アーリアの内部がソリュードの陰茎をきゅうっと締め付けた。彼の腰の動きが速まる。

「あぁ……出る……出すぞ……」

「ん……ふ……ぁ……い、っぱい……ください」

「……可愛い、愛しているよ……アーリア」

きつく身体を抱きしめられて、よりいっそう彼の肉棒の感触を奥に感じた瞬間、ソリュードがぶるりと身体を震わせた。ぴったりと腰を合わせたまま彼はアーリアを揺さぶり、余すところなく彼女の体内で吐精した。

「あ……はぁ……あ……」

つま先がびりびりとする。彼が腰を突き上げる動作をする度に、ぱちんぱちんと快楽が泡のように生まれては消えた。

「……ふ……愛している……好きだよ、アーリア……」

「あ……ぁ……愛して、います……ソリュード」

「ん」

ソリュードは、アーリアの眦に浮かんでいる涙を唇ですくってから微笑んだ。

「ずっとこのまま繋がっていたい。君の中で溶けて……ひとつになってしまいたいよ」

「……駄目です……」

彼女の否定の言葉に、ソリュードはふっと笑った。

「つれない人だね」

「……だって、ソリュードがいなくなるのは、嫌ですから」

アーリアの返事を聞いた彼は、少し考えるような表情をしてから彼女の頭を撫でる。

「そうだな、君の身体を愉しませる相手がいなくなっては困るだろう」

ロイヤルブルーの瞳が意地悪そうな輝きをしている。

「……そうではないと、判っていらっしゃるくせに」

自分を困らせるようなことばかりを言ってくる当の本人は、幸せそうな笑みを口許にたたえていて、そんな彼の表情を見てしまえば、アーリアも微笑むしかなかった。

「大好きです……ソリュード……ずっと私を傍に居させてくださいね」

「私の愛は永遠だ。覚悟しておくといい」


後日、ふたりのもとに金色の鳥の彫刻が二羽贈られてくる。

リシャールの取り計らいで作られた二羽の小鳥の瞳には、それぞれ緑の宝石と青の宝石が埋め込まれていた。

その二羽の小鳥は、それまで主が不在だった鳥籠モチーフの時計の中に入れられて、仲睦まじそうに寄り添い続けることになる。

「可愛いですね」

「……そうかな」

リシャールの贈り物を彼女が褒めるのが気にくわないのか、ソリュードは二羽の鳥をけして褒めようとしなかった。そんな夫の独占欲が、アーリアには心地良く思える。

「あ、そうだ……ソリュードに見て頂きたいものがあるんです」

アーリアはドレスのポケットから小さなリモージュボックスを取りだした。

そのリモージュボックスは、ずっとアーリアが名も判らぬ貴族の男性に見せたいと願っていたものだった。

「……ゴシキヒワ？」

「はい。ずっとあなたに見せたかったんです」

嬉しくて、幸せで、こんな時間はやってこないと思っていたけれど、手に入れることが出来た。

にこにこと笑っているアーリアを見て、ソリュードもつられるように微笑んでいた——。

ＦＩＮ

あとがき

ティアラ文庫では初めまして、桜舘《さくらだて》ゆうです。

今回もオパール文庫同様、各方面色んな方のお世話になりました、ありがとうございました。そしてティアラ文庫六周年、おめでとうございます！　ますますのご発展をお祈りいたします。

今回、ご縁があって挿絵を担当してくださることになった椎名咲月《しいなさつき》先生は、個人的に大ファンだったので、お引き受けいただけたことに感謝しております。カバーのふたりが身につけているアクセサリーが、それぞれの瞳の色というのが萌えました。素敵なイラストをありがとうございました！

『新婚内ストーカー　旦那様の溺愛宣言』というタイトルをつけていただきまして、もっとソリュードにネチネチと追いかけ回させればよかったかなぁと思いました。彼の愛情表現は少し抑え気味だったような気がします。次は、もっと執着や溺愛を盛ったお話をお届けできたらいいなぁ……と思います。

最後になりますが、たくさんある本の中から拙作を手にしてくださったみなさまに、心より感謝しております。また次もお会いできると嬉しいです。

二〇一五年 五月　桜舘ゆう

新《しん》婚《こん》内《ない》ストーカー　旦《だん》那《な》様《さま》の溺《でき》愛《あい》宣《せん》言《げん》

ティアラ文庫をお買いあげいただき、ありがとうございます。
この作品を読んでのご意見・ご感想をお待ちしております。

✦ ファンレターの宛先 ✦
〒102-0072　東京都千代田区飯田橋3-3-1
プランタン出版　ティアラ文庫編集部気付
桜舘ゆう先生係／椎名咲月先生係

ティアラ文庫&オパール文庫Webサイト『L'ecrin《レクラン》』
http://www.l-ecrin.jp/

著者——**桜舘ゆう**（さくらだて　ゆう）
挿絵——**椎名咲月**（しいな　さつき）
発行——**プランタン出版**
発売——**フランス書院**
〒102-0072　東京都千代田区飯田橋3-3-1
電話（営業）03-5226-5744
（編集）03-5226-5742
印刷——誠宏印刷
製本——若林製本工場

ISBN978-4-8296-6734-7 C0193

ティアラ文庫

Tia6672

♥ 好評発売中! ♥

ティアラ文庫

Tia6687

♥ 好評発売中! ♥

明治双恋エロティカ
ふたりの夫
麻生ミカリ
Illustration
綺羅かぼす
僕たちが、溺れるほど
愛してあげるよ
「君は僕たち二人の妻になるんだ」
富豪に嫁入りしたあやめを待つ双子の御曹司。
禁断の交わりに溺れる新妻の愉悦は最高潮に!

ティアラ文庫

Tia6709

♥ 好評発売中! ♥